JN073115

聖徳太子と蘇我入鹿

海音寺潮五郎

作品社

聖徳太子と蘇我入鹿

目次

【装画】
菊池容斎
『前賢故實』より

聖徳太子

聖徳太子誕生

飛鳥（あすか）は奈良盆地の東南隅、盆地がつきて山にかかるあたりである。山々の間をうねりながら流れてくる飛鳥川が、何千年という長い年月の間に山々をけずって平地をつくり、山々の間に複雑な形で入りくんでいるあたりから、盆地の東南隅にかけての地域が、飛鳥と呼ばれているのである。

この地方の、飛鳥川の右岸、小高い丘に寄った位置、今の橘寺（たちばなでら）に、欽明（きんめい）天皇の皇女間人（はしひと）の邸宅があった。皇女はやはり欽明の皇子である橘豊日尊（たちばなのとよひのみこと）の妃（きさき）であった。この時代は同母の兄妹の結婚はタブーとされていたが、母親のちがう兄妹の結婚はむしろ望ましいものとされていたのである。

もう一つことわっておかなければならないのは、この時代は夫婦が同じ家に住むのは、一般庶民にはよくあることであったが、上流階級ではごく違例なことで、妻は妻の家に住み、夫は夫の家に住んでいて、夫は妻の家に通（かよ）って行くのが普通であったことである。だから間人皇女も、この当時の習慣によって、橘豊日とは別居していたのである。

西暦では五七三年、敏達（びだつ）天皇の二年正月元日。

妃は新年の儀式のために邸内を巡行した。この時代の日本人には、山にも、木にも、石にも、建物にも、あらゆるものに精霊があるという信仰があったので、その精霊たちに新年のあいさつをし、新しい年の幸運をいのるのは、家の主人たるもののしなければならない儀式になっていたのである。妃は妊娠中で、しかも臨月を二月も過ぎていたのだが、侍女らにたすけられて、ゆっくりと邸内をまわった。

妃はまだ若い。二十前である。当代無双といわれるくらい美しい人でもあった。妊娠中ではあるが、その美しさは少しもそこなわれず、落ちつきが添って、さらに美しくなっていた。

つぎつぎに建物をまわって、厩舎の前に来て幣をふって祈りをささげている時、にわかに産気づいたかと思うと、やすやすと男の子を生んだ。

子供は厩舎の戸口で生まれたというので、厩戸王子と名づけられた。厩戸は十二の時、父君が皇位につかれるので、以後は皇子であるが、それ以前は王子というのが正しい。これが後の聖徳太子である。

近頃の学者の中には、聖徳太子が厩舎の戸口で生まれたというのは、イエスが厩舎で生まれたという伝説と関係があると言っている人がある。ネストリュー派のキリスト教は、六朝時代（三〜六世紀）に中国に伝わり、景教あるいは十字教という名でひろく信仰されていたから、イエスの生誕伝説も中国では知られていたので、これが日本に伝来して、聖徳太子の生誕伝説に付会されたというのである。

しかし、ぼくはこの説を無条件には信じない。イエスが聖者であることが一般に知られている国なら、厩舎で生まれたということはプラスになりもしようが、誰一人として知る者のない日本でこの伝説を付会するのは無意味であるからだ。聖徳太子の厩舎生誕説は事実をそのままに伝えたものと考えた方がすなおである。

しかし、ある条件をつければ、この説の成り立つ可能性はある。

その条件とは？

この時代よりはるか以前、日本に帰化した異民族で秦氏というのがいる。これは秦の始皇帝の子孫であると言い立てて日本に渡って来て、優秀な機織の技術を持っていたので、「秦」という字を書いて「ハタ」とよんで、これを氏の名としたということになっている。

ところが、近頃の学者の中で、秦氏は中国系の民族ではなく、元来はユダヤ系統の民族であると言っている人がある。中国では、隋以前には、東ローマ帝国の版図の中で、ヨーロッパにある以外の部分は大秦と呼んでいた。現在エルサレムのあるあたり、つまり昔のユダヤのあったあたりは、大秦の一部分であったことは間違いない。源を大秦に発する民族だから秦といったという説は、ある程度の理由はあるのだ。

現在、京都に太秦というところがある。ここには秦氏の氏寺であった広隆寺がある。この寺は一名を太秦寺という。大と太とは違った文字であるが、「、」があるかないかだけの違いではあり、意味もよく似ている。秦氏らは先祖の地である大秦を忘れないために、太秦寺という名をつけたと考えられないことはない。

もし秦氏が大秦から来た民族であるなら、イエスの生誕伝説も知っていたはずであり、イエスが聖者であることも知っていたはずである。

だから、もし聖徳太子の厩舎生誕伝説がイエス伝説が付会されて出来たものなら、それは秦氏が言い出したに違いない。

しかし、これはあくまでも、秦氏は中国史でいう大秦地方から来た民族であることを信じた上で言えることで、それを信じないなら、成り立つ説ではない。

さて、間人皇女につきそっていた侍女らはおどろきあわてて、母子を本殿の寝室にうつして介抱したところ、母子ともに何のさわりもなく、至って安泰であった。

伝説では、西方からさし入る赤黄の光が王子の殿内にしばしとどまって消えなかったとか、敏達天皇が見舞いに来られて群臣に命じて王子に湯をつかわせ、みずからむつきを着せて抱き、皇后から橘豊日、さらに間人皇女に順々に手渡しされたところ、いずれもふくいくたる芳香が身にしみついたので、天皇は感嘆して、

「この子は将来かならず世にすぐれた者になるであろう」

と仰せられたとか、いろいろ伝えるが、こういう伝説は聖者の生い立ちには共通なことで、どこまで信じてよいかわからない。しかし、美しく、またすこやかな嬰児(えいじ)であったことは間違いないであろう。

厩戸王子は最もかしこい少年で、五歳の時に学問に興味をしめし、六歳の時には仏教に興味をしめしたと、伝説されている。

賢哲の成人伝説にすぎないと言ってしまえばそれまでのことだが、これに似たことはたとえば

江戸時代の学者山鹿素行の生い立ちにも、たとえば維新時代の橋本左内や吉田松陰の生い立ちにもあることだから、多少の誇張はあっても信じてよいであろう。天才は天才として、信仰的に見る必要がある。凡人の心をもっておしはかっては、天才の天才たるところを見失ってしまう恐れがある。

ともあれ、厩戸王子は最もかしこい少年として生い立って行ったのであるが、その生い立ちの期間は、日本歴史の上で最も重大な時期の一つであるから、一応の説明をする必要がある。

その一つは、日本が国家としてまだ完全な形態をそなえていなかったことである。日本の国のおこりは、最近の歴史学者の説によると、現在の奈良県――昔の大和地方とその付近の豪族らが連合して一つの政権をつくり、これを母胎にして、長い年月の間に日本の各地を征服したり、招撫したりして、一応の国家の形をつくったというのである。

古代史に伝える四道将軍や日本武尊の話も、特定の個人の話ではなく、長い年代の間に大和から地方の征伐にむかった幾人もの人の話が、四道将軍や日本武尊に集約されたのであると、歴史学者らは言うが、たしかにそれはそうに違いない。あの狭小な奈良県地方の勢力が、短時日で全国を征服統一することが出来るはずがない。

この物語の時代、東は関東地方まで、北は今の新潟県の中部あたりまで、南は九州の南端まで、大和政権の威令に服して、一応国家の形にはなっていたが、その国家としての内容は、現代の人の考える国家とは大分ちがっていた。

すべて国家には、立法、司法、行政、軍事、警察、経済等の権力があるべきものだ。これは現代の国家も同じであるが、古代にはこのほかに宗教も最も大事なことにされていた。

ところで、この時代の日本においては、連合政権が共同してつかさどっていたのは祭祀（宗教）と軍事だけで、他のことは連合政権を組織している各豪族――蘇我、物部、大伴、中臣、葛城、平群等々がそれぞれに持っていた。そのはずである。各家はそれぞれに土地と人民とを私有していたのであるから、その点では各家がそれぞれに国家のようなものであったのだ。その家の行政のやり方、その家の法律があって、それでこれを治めるのだ。この土地人民は生産するが、それはその家の収入になるのだ。

つまり、当時の日本は、豪族という独立国が寄り合って大和政権をつくり、軍事と宗教行事だけを共同でやって、あとは各家の自由という形であったのだ。

ここで宗教ということばが出て来たが、この宗教はもちろん日本固有の天神地祇の信仰とその祭祀だ。これもある程度は各家それぞれにやっていたが、共同している分も多かった。たとえば豊年のいのり、新穀収穫の感謝祭、虫害・風水害・干害回避のいのり、戦勝祈念等がそれだ。この祭司は世襲となったが、そのはじめは各豪族の中で最も繁栄した家の当主が任ぜられたろう。そのような家は作物もよく出来、部曲の民もよく働いて生産力が高いのであるから、当主にはよほど霊妙な呪術力があると思われたわけだ。

いつか、これが世襲となって、その家がらがきまり、当主は最も尊貴なものとされ、豪族らの共主となって、「大君」という名で仰がれるようになった。

「これが天皇家のはじまりである」

と、今の学者らは説くのである。

日本で、政治のことを「まつりごと」というのは、政治と祭事が一体のものであったこと——少(すくな)くとも祭事が政治の最も重要な部分を占めていたことを示すのである。今日でも、天皇は毎日のように賢所(かしこどころ)に出られて、その祭りの数は実に多いという。

大君（天皇）は最も尊貴なものとされ、相当大きな権力を持ってはいた。民のある者に氏の名をあたえたり、カバネ（階級と世襲職を示すもの）を授けたり、豪族らの民をある程度使役したりする等の権力がそれであった。しかし、前に書いたような国の組織であったので、主権というほどのものはなく、大事なことはすべて豪族らの会議によって決せられた。

豪族らの勢力は時代によって消長があるから、特別に勢力の大きくなった豪族の意志が会議を支配することは言うまでもない。日本の国はそのはじまりから天皇家が絶対権力の君主であったという立前(たてまえ)で書かれている古事記や日本書紀にすら、そういう大勢力を持っていた、豪族の名前が出て来る。顕宗(けんぞう)・仁賢(にんけん)両帝の時代の平群真鳥(まとり)がそうであり、これから出て来る蘇我蝦夷(えみし)と入鹿(いるか)がそうである。

要するに、天皇権はまだ稚(わか)くて弱く、ややもすれば強大な力をもつ豪族に圧迫されがちであったのである。

以上が当時の日本の国家組織であり、天皇と日本との関係であるが、当時の日本が国家としてまだ未成熟な状態であったことを、承知していただきたい。

その二は、当時の新しい信仰である仏教のことである。仏教は厩戸王子の誕生に先立つ二三十年前に渡来したのである。これについては、章を改めて書きたい。

仏と神

仏教の日本伝来は、欽明天皇の十三年、西暦では五五二年であることになっている。これには相当有力な異説もあって、十四年ほどくり上げた方がよいとも言われている。（法王帝説、元興寺縁起、奈良大安寺沙門審祥記）

いずれにしても、これは朝廷への公式な伝来で、民間にはもっと早くから伝来し、中国系・朝鮮系の帰化人らの間で信仰されていたと言われている。仏教が朝鮮に入ったのはこの時から一世紀半ほど前であり、中国で広く信仰されるようになったのは、さらに二世紀も前からのことであるから、この両国から来た帰化人らの中に、その信仰を持っている者がいたのは、しごく当然なことであろう。

公式の仏教伝来は、誰も知っている通り、当時のわが国の属国的国であった百済の朝廷が、釈迦仏の金銅像一体に幡や蓋をそえて、経論若干巻とともに、

「これはホトケと申して、天竺の神様でございます。ホトケの説かれた法は、すべての法の中で

最もすぐれ、高遠微妙、なかなか理解がむずかしくございまして、あまりにも深遠でありますため、周公や孔子のような中国の大聖人も思いつかれなかったのでございます。

　これを崇拝信奉しますれば、霊験まことにあらたかで、福徳果報、心のまま、百難たちまち滅し、百病その場で癒え、百福すぐ生ずるのでございます。あたかも使えども尽きぬ無限の財宝を所持するようなもの。また、ついには無上の菩提(ぼだい)を得ることが出来ます。されば天竺、その付近の国々、中国、さらにはわが半島の国々、みな信仰礼拝しているのでございます」

　という表文をつけて献上して来たのである。

　使者もまた、もちろん、説明する。

　当時の日本人に、この意味が十分にわかったろうとは思われない。無上の菩提などということばは、それこそチンプンカンプンであったろう。しかしながら、百難即滅、百病頓癒、百福即生というような現世利益(げんせりやく)的なことや、使えどもへらない無限の財宝を持つと同じであるというところなどは、わかったであろう。

「そんなにありがたい神様なのか」

　天皇はしげしげと仏像を凝視された。全身、金色(こんじき)さんらんとしている。今日の日本人なら、いきなりこんなものを見せられたら、気味悪く、グロテスクにすら感ずるであろうが、この時代の日本人は未開の国だ。美しいと感じられた。しかも、相貌はふくよかで、端正である。そぞろに崇敬の念をおこされた。

　しかしながら、信仰のことは古代人にとっては、現代人の想像もおよばないほど重大である。

しかも、天皇には日本固有の天神地祇の祭司を主宰なさる職分がある。信奉拒否ということも考えられたに違いないが、おのずからなる崇敬の念も生じておられるので、そうもなりかねて、豪族らを一人一人呼んでたずねられた。

「これはしかじかで、百済王が献上してきたものであるが、外国の神だ。信奉すべきかどうか、まろは迷っている。その方の意見を聞きたい」

豪族らはそれぞれに奉答した。

信奉すべきであるという代表者は、大臣（おおおみ）の蘇我稲目（そがのいなめ）であった。臣はカバネの一つで、多く天皇家からわかれた家がもらった。この臣の中の最上の者が大臣である。ただ一家ということになっていたようである。

「諸外国がみな尊崇していますものを、わが国だけ信奉しない法はありません。御信奉あってしかるべしと存じます」

というのが、稲目の主張であった。

蘇我氏は、この頃最も栄えていた家だ。その栄えのもとは、稲目の祖父満智（まち）が、大和（やまと）連合政権の斎蔵（いみくら）、内蔵（うちくら）、大蔵（おおくら）の検校（けんぎょう）となって以来、代々その職にあったによる。検校は字義から言えば監査役だが、実際は保管役であったろう。つまり、蘇我氏は大和政権の財務長官的位置を世襲していたのである。

財務の管理には計数の知識がいる。記帳などもしなければならないから、文字の知識も必要である。ところが、この時代の日本人にはこれらの知識のあるものが至って少なかった。貴族階級の連中に至っては、大ていがめんどうがって、はじめから学ぼうともしない。男は狩りをし、戦争をし、恋愛をし、政治をするもので、書物を読んだり、計算をしたり、そんなみみっちいことが出来るかと思っていたのである。

蘇我氏としては、職責上、どうしても文字の知識があり、計算の出来るものを使わなければならなかったのであるが、それの出来るのは、当時は帰化人しかいなかった。蘇我氏と帰化人との結びつきが、ここにはじまった。

今日のことばで言うなら、「親分子分」の関係が出来て、帰化人らは朝廷の財務管理だけでなく、蘇我氏のプライヴェートなことのためにも、いろいろと働いた。たとえば部曲（かきべ）（私有の部落）の管理、生産方法の改良、部民（べみん）などの組織などにも、中国や朝鮮の進んだ方式を取入れて、蘇我氏の富強を増進させた。この時代、蘇我氏だけが部民の戸籍をつくっているが、これはもちろん、帰化人らの知恵とはたらきによるのである。

この帰化人らには、前述の通り、すでに仏教の信奉者が相当あったのだから、蘇我氏としては帰化人をしっかりと掌握するためにも、仏教信奉の許可を主張しなければならなかったわけである。

信奉反対の代表者は、大連（おおむらじ）の物部尾輿（もののべのおこし）と連の中臣鎌子（なかとみかまこ）とであった。連は天皇家の祖神と共にこの国土に来た神々の子孫のカバネで、臣とならんで最上のカバネであった。大連は連の中の最有力者一人のカバネであること大臣と同じである。

二人は主張する。

「わが国の天皇たる方は、古来から固有の天(あま)つ神、地祇(くにつかみ)を尊崇し、春夏秋冬、それぞれに祭拝されるのが、最も重要なご職分となっています。異国の神などを信奉なされては、天神地祇のお怒りがあり、みかど御自身も、また国も、また我々も、わざわいをこうむることになりましょう」

――日本書紀

二人のこのことばは、上代の天皇の本質を知る上に、まことによい資料である。古代の天皇は祭司の長であったと前に書いたが、それを証明するものである。この事実一つを取ってみても、仏教を受入れるかどうかが、当時の日本にとっては、大問題であったことがわかるであろう。

物部氏は「もののふ」ということばの起源になっているくらいの武勇の家がらで、ずっと大昔からの軍閥派で、保守的傾向の強い家であるから、外国神の崇拝など反対であったのだ。

中臣氏は、神と人との中間にあってそのとりつぎをするという意味から出た名前で、神祇に奉仕するのがその職分である家であるから、もちろん、外国神崇拝は受入れない道理である。

物部氏の反対には、別な理由もあった。この時代、物部と蘇我の両氏は大和政権内の両雄であった。ずっと昔は、葛城(かつらぎ)、平群(へぐり)、巨勢(こせ)、紀(き)、大伴(おおとも)などというような豪族があって、それぞれに強大な勢力を持って、政権内で張合っていたのだが、長い歴史の推移の間に、皆おとろえて、今ではこの両氏だけが栄えて、権勢をきそい合っているのであった。

しかも、ともすれば蘇我氏に押されがちなので、尾輿はあせり気味で、従って稲目の主張することには何によらず反対したかったのであろう。

また、蘇我氏憎さが嵩(こう)じて、その子分である帰化人らも憎かったから、そのよろこぶことには一層反対したのであろう。

大連と大臣との意見が正反対では、欽明天皇も決定なさるわけには行かない。

「まろは決しかねる。しかし、稲目は信奉したいというのだから、これは稲目につかわそう。ためしに信奉してみるがよい」

と、仏像その他を、蘇我稲目に下賜された。

稲目はよろこんで、小墾田（おはりだ）（今の奈良県高田市内）に精舎（しょうじゃ）をいとなんで安置して信仰したが、やがて向原（むくはら）の自分の邸宅を寺として、ここに移した。

これが日本で日本人の建てた最初の寺で、後に豊浦寺（とゆらでら）、あるいは建興寺（けんこうじ）と呼ぶようになったものである。遺跡は高市（たかいち）郡豊浦村にある。

それから間もなくのこと、えたいの知れない瘡（かさ）が大流行となった。これまでこの国では見たことのない症状の瘡である。

これは天然痘（てんねんとう）であった。その頃の朝鮮からの進貢船（しんこうせん）によって入って来たのであるが、当時の日本人はこの病気の経験がなく、従って抗毒素がないので、枯野を焼く火の勢いでひろがり、死者続出、人心きょうきょうたる有様となった。

「これは蘇我大臣様が異国の神様をおがんでいなさるため、この国の神々方がお腹立ちになって、たたっていなさるのだ」

と、人々は言い出し、その瘡のことを稲目瘡と呼ぶようになった。

物部尾輿と中臣鎌子とは、もちろん民衆と同じ考えだ。すでにそのはじめに、欽明天皇に警告していから、なおさらのことだ。

早速、天皇の前に伺候する。

「この頃大流行の疫病について、世間ではしかじかと申しています。まさしく天神地祇のお怒りのあらわれでございますぞ。わたくし共があれほど申し上げましたのに、御未練がましく、稲目にお下げ渡しになって信奉させられたからでございます。

急ぎ稲目の信仰を禁断し、あの気味悪き邪神の像を投げ捨て、しかる後、丹誠をこめて神々にお祈りあって、お怒りをなだめらるべきでございます」

鎌子は鎌子で、

「この災厄は容易ならぬことでありますので、太占（鹿の肩の骨を焼いてそのひびで吉凶を判断する古代のうらない）してみましたところ、これは異国神がわが国に来て尊崇されているのを、神々がお怒りであるとのしるしがあらわれました」

と言う。占いは神職のしごとだったのである。

思いがけない災異が生じて、天皇も恐怖疑惑しておられるさなかである。

「そなたらの申すところ、まことに理がある。そういたすように」

と言われた。

尾輿と鎌子とは大いに勢いづいて、役人らに命ずる。

役人らは向原に馳せむかい、勅命を稲目につきつけ、仏像を持去り、難波の堀江に投げすて、寺は火をかけて焼きはらった。

伝説では、長野の善光寺の本尊は、この時難波の堀江に投げすてられた仏像であるということになっているが、もちろん信ぜられることではない。信ぜられない理由はいろいろあるが、その一つは、善光寺の本尊は阿弥陀仏であると聞くのに、この時の仏像は釈迦仏である点である。

このようにして、最初の抗争には崇仏派が負けたことになっているが、日本書紀の記述を信ずれば、これは決定的なことではなかったようである。

この翌年夏、河内の国から報告があった。

「泉郡（後の和泉国）の茅渟の海のただ中に、雷鳴のようなひびきが聞こえる。よくよく聞けば、それは仏の讃歌である。また、そのあたりの海上に、赫耀として光りかがやく日光のごときものがある」

天皇は使者をつかわして調査させられたところ、それは樟の巨材が海にただよっているのである。玲瓏としてまことに美しい木材である。使者はひろい上げて持ちかえり、天皇のお目にかけた。

天皇はこれを工にわたして、仏像二体をこしらえさせ、彩色をほどこさせられた。書紀編纂の頃にはまだこの仏像はあったらしく、

「今吉野寺にあって光を放つ樟の像のことである」

と書いてある。

天皇が命令して仏像を造らされるくらいであるから、禁断は一時のことで、天然痘の流行がおさまると、ゆるんでしまったのであろう。何せ、欽明天皇ははじめから仏教には好意を抱いてお

られたのだ。従って、この新しい信仰に入るものもふえたと思ってよかろう。帰化人には信奉者が多いのだから、教導にはこと欠かない道理である。

それに、この新しい神様には、ごりやくがあった。

新しい神様――仏のごりやくとは、新しい文化である。建築、彫刻、絵画、刺繡、織縫などの、当時の日本にとっては最も魅力ある技術が、仏教には付随していた。文化的には真空に近かったその頃の日本には、これは大へんなごりやくである。抵抗出来る道理がない。仏教はしんしんとしてひろがりつつあったと見て、間違いあるまい。

欽明天皇の代はこんなことで過ぎて、天皇は在位三十三年でなくなられた。

次は敏達天皇である。欽明の第二皇子である。この敏達の二年に、厩戸王子が誕生したことは、前に書いた通りである。厩戸の父橘豊日は欽明の第四皇子であるから、厩戸は敏達にとっては甥にあたるわけである。

敏達の時代は、蘇我氏は馬子の代となり、物部氏は守屋の代となっていた。馬子は大臣となり、守屋は大連となって、また勢力をきそうこと、両人の父等の時代と同じであった。

敏達の十三年、朝鮮の百済から帰国して来た官人らの中に、一人は弥勒仏の石像一体、一人は仏像（何仏だか不明）一体を持ちかえった者がいた。馬子はこれを聞くと、

「それは尊いものを持ちかえった。譲ってくれるよう」

と、交渉した。

二人は、国で大へんはやると聞いて持ちかえったのだが、朝廷第一の権勢家である馬子から頼

まれたので、よろこんで譲ってくれた。

間もなく、馬子は、

「日本の神々には祝（神職）がいて、これを祀る。ホトケのハフリは、男ならば僧、女ならば尼というそうである。これまではハフリもなく祀っていたので、定めし粗相もあったであろう。今度は僧か尼に、手落ちなく祀らせたい」

と考え、自分の子分である司馬達等と氷田という者とを呼んだ。

両人とも、蘇我氏の部曲（私有の部落）の長である。前者は河内の鞍作村（今の大阪市の東南の郊外に鞍作がある）に、後者は泉郡の池辺村に、帰化人ばかりで組織されている部落があって、いずれもその首長であった。

馬子は二人に自分の考えを言って、

「その方どものなかには、必ず仏道の修行者がいるであろう。それをこんどの仏のハフリにしたい。さがしてみるように」

と言いつけた。

二人は熱心な仏教信者であった。とりわけ、司馬達等はそうであった。この男は元来中国の南梁の人間であるが、この時から六十余年前に日本に帰化したのだから、もうよほどの年であった。南梁は中国の歴朝のなかでも最も仏教のさかんな王朝であったので、彼もその頃から熱心な仏教信者になっていた。だから、日本に来てからも信仰をつづけ、大和の坂田原（飛鳥の少し奥にある）に堂を建て、仏像を安置して礼拝していた。（扶桑略記、水鏡、元亨釈書）

こんな二人であるから、大いに喜んで、早速、国々の帰化人らに連絡すると、播磨（兵庫県）にいる高麗人で帰化しているという恵便という者が、本国にいる頃僧侶であったことがわかった。還俗者だが、すぐ呼びよせた。

馬子は、この恵便を導師として、司馬達等の娘の、島という者を得度させて尼とし、善信尼という法名にした。善信尼は当時十一だったというから、あるいは老年の司馬達等の娘という日本書紀の記述はあやまりで、孫だったのかも知れない。ともあれ、まだほんの少女であった。

馬子はさらに、この善信尼を導師として、二人の少女を得度させて尼とした。一人は中国系の帰化人夜菩の娘の豊女、これは禅蔵尼という法名になった。一人は朝鮮系の帰化人で錦織村（大阪府南河内郡）の長の壺の娘の石女、これは恵善尼という法名になった。

馬子は自邸の東方に仏殿を建て、仏像を安置し、三人の尼に斎い祀らせ、仏教のさまざまな儀式をおこたりなく行なわせた。もちろん、三人の尼にたいしても、丁重に待遇する。その衣食は、司馬達等と氷田に命じて、不自由なく奉仕させた。

以上の話に出て来るのは、みな帰化人である。蘇我氏がいかに帰化人と密接な関係をもっていたか、よくわかるのである。

これらのことを土台にしてのことだが、筆者は蘇我氏の素生について、思い切って大胆な想像をしている。

蘇我氏は孝元天皇の子孫ということになっている。孝元天皇の子孫の武内宿禰に数子あって、これが紀、平群、巨勢、葛城、蘇我の祖となったというのが、古来の定説であるが、他氏のことはしばらく度外において、蘇我氏だけを考えてみると、これは最も古い時代に日本に来た帰化人の子孫なのではないかと疑われて来るのだ。

その理由の一つは、蘇我氏の領地の位置である。

蘇我氏の領地は泉郡と南部河内と、それに隣接している大和の葛城郡と、それにつづく高市郡である。これらの地方は瀬戸内海水路を大和に連絡する道筋にあたり、ついにはそれは朝鮮・中国につらなるのである。つまり、大陸や朝鮮からの文化や財貨の流入する大動脈にあたる。

この大動脈が蘇我氏の領地をつらぬいて通じており、そこの領民に帰化人の多かったことが、蘇我氏の強勢になった原因であるが、蘇我氏はなぜこの選(よ)りぬきの場所だけを領有したのであろう。

偶然の結果でそうなったと考えることも出来る。代々賢い人物が出て、自家のものにする努力をつづけて来たのだと考えることも出来る。しかし、蘇我氏は外来者であるが故に、先(ま)ず上陸した泉郡地方にとりつき、次第に東に進んで、南部河内、山をこえて葛城、高市と保有して行き、その間に鬱然(うつぜん)たる勢力となったので、大和豪族のなかま入りをしたと考えることも出来る。もしそうであるなら、帰化人の親分というより、総本家といった方が適当である。

第二に、蘇我氏が他の豪族と色々な点で大へん違っていることだ。仏教や帰化人とのこと以外に、一般外来文化にたいしても、まことに受容的で、好意的であるのだ。朝鮮人とよく結婚している点も目立つ。稲目は朝鮮の美女二人をめとっており、その祖父韓子(からこ)の母親は朝鮮人であった。韓子というのは、本来は普通名詞で、父親が日本人、母親が朝鮮人の間に生まれた混血児のことを言うのである。

第三に、蘇我氏には異風な名前が多いことだ。韓子、高麗（こま）もそうだが、馬子の子の蝦夷（えみし）に至っては、外国人という意味だ。

第四に、これはこれから書くのだが、天皇家にたいする心の持ちざまと態度が、まことに異常である。元来異民族だったからではないかと疑わないではいられない。

しかし、以上のことは、ぼく一人の考えであるから、この作品では使わない。このような考え方も可能であるということを知っていただくにとどめる。

さて、馬子は熱心に仏教を信仰しはじめたが、司馬達等らはなおその信仰を駆り立てようと思ったのであろう、相当インチキなことをしている。

最初仏殿を建てて大法会を行なった時のことだ。その翌朝、司馬達等はあわただしく馬子の邸（やしき）に来て、

「昨日の法会で仏前に供えました斎飯（さいはん）を、今おろしてみますと、飯上にこんなものがのっていました。まさしく仏舎利（ぶつしゃり）でございます」

といって、一粒の骨を献上した。

「仏舎利だと？　どうしてそれがわかるのだ」

追々わかるはずだが、馬子は老獪（ろうかい）ともいうべきさとい男だ。迂闊（うかつ）にだまされはしない。

「仏舎利は金剛不壊（ふえ）、いかなる力にあっても、決して砕けることがないのでございます。果してそうか、おためし下さいますよう」

馬子はその骨粒を鉄床にのせ、鉄鎚をもって打ったが、骨粒にはいささかの損傷はなく、鉄床と鉄鎚とがみじんにくだけ飛んだ。

また、それを水中に入れてみると、こちらの欲するがままに、深くも浅くも浮き沈みした。

おそらく、この話は伝承の間に変化し、誇張されて、こんな話となって、書紀編纂の時代に至ったのであろうが、そのはじまりは達等が馬子の信仰をさらにかためるために、一芝居打ったのであろう。

このような奇蹟によって、馬子の信仰は益々篤くなった。彼は河内の石川郡にも別宅があったが、ここにも仏殿をつくり、この翌十四年二月には、大野丘（飛鳥地方豊浦のそば）の北に塔を建て、塔の柱の頭に、あの仏舎利をおさめて、大法会を行なった。

このような、馬子の仏教崇拝に腹を立てたのは、物部守屋と中臣勝海であった。中臣氏も鎌子はなくなり、子の勝海の代になっていた。

二人は敏達天皇の御前に出て、

「ホトケと申す異国神を信奉することは、先のみかどの時に禁断されていますのに、馬子はほしいままに信奉しています。みかどの仰せを何と心得ているのでしょう。早々に禁断あるべきであります。今にろくなことはありませんぞ」

と、きびしく言ったので、天皇はまた馬子の信仰を禁断された。

馬子はいまいましくてならない。守屋のさしくりでこうなったと思うと、一層だ。

間なく、馬子は病気になったので、自分の家に所属する卜部（うらないをもってつかえる部民）にうらなわせた。卜部は鹿の骨を灼き、生ずるひびによって判断した。

「これは父君稲目大臣のお祀りになった異国の神様があの悲惨な目にあって、水底の泥の下にうずもってお出でなので、たたっておられるのでございます」

これが太占である。中国の古代にも同様な占卜法がある。筮竹でやる易より古いのである。

馬子は子息らを天皇の許につかわして、これを言上し、仏信仰を許していただきたいと願った。大臣が病気平癒のためというのだから、天皇も拒否は出来ない。

「しからば、稲目の時の外国神を祀れ」

と、許された。

書紀の記述では以上のようであるが、実際は礼拝の許可を得るために、虚病をかまえ、うらないのことばにかこつけたのかも知れない。難波の堀江の川ざらえをした記事はなく、あの弥勒の石像を礼拝供養しはじめたと記述してあるだけであるから。

守屋と勝海はくやしがって、しげしげと天皇に申し上げたが、天皇は、

「蘇我大臣の病気平癒のためだ。いたし方はない。まあ、がまんしてほしい」

と、なだめられた。

ところが、それから間もなく、また天然痘がはやりはじめ、死者がぞくぞくと出る。

排仏の親玉二人は、また天皇の前に伺候して、最も激越な調子で論じ立てる。

「わたくし共があれほどしげしげと申し上げましたのに、お取上げ下さらなかったために、またしても不思議な瘡が大流行となってまいりました。先帝の御代にもこの瘡のために死者多数、こ

んどもまたそうなりましょう。この分では、やがて民草は尽きはてましょう。すべてこれ、蘇我の大臣が異国の邪神を信仰し、これを世にひろめているためであります」

稲目の信仰した時も天然痘が大流行し、こんども大流行とあっては、両者の間に深い関係があると考えるのは自然である。現代人はこんな単純な論理は構成しないと、この時代の人々を軽べつしてはならない。現代人は天然痘がどんなものかはよく知っているから、これは大丈夫だが、他のことでは二度同じ現象がおこれば、必ず因果関係を考える。ジンクスのほとんど全部はそこから生れている。

「そなた達の申すことは、まことに道理である。即刻、仏法を禁断せよ」

と、仰せ出された。

守屋と勝海は勇み立ち、手勢をひきいて寺に駆けつけ、自らさしずして塔を切りたおし、仏像ごみに焼き、焼けのこった仏像はまた難波の堀江に投げこむために持って行かせた。

おりから雨が降り出し、風さえ添って来た。守屋は蓑笠をつけて、馬子をはじめ司馬達等ら仏法信者を呼び出し、一人一人顔を指さしてののしりはずかしめた上、

「おなごハフリ共をさし出しなされよ。たしかに三人、小娘のハフリがいるはず」

と、馬子に要求した。

威に乗って、どんな乱暴なことでもしかねまじい守屋の様子に、馬子は泣く泣く（書紀にこう書いてある）、三人の尼をつれて来させた。

守屋は三人の袈裟をはぎとらせ、縛り上げさせ、海石榴市の辻に連れて行った。

ここは今の桜井市金屋のあたりで、この時代にはよく市がひらかれたり、歌垣があったりするので、広場があって、最もにぎやかな場所であった。

守屋らはここで、三人の尼の尻をまくり上げ、笞を加えたのである。司馬達等の娘善信尼はやっと十二歳、あとの二人も似たようなものであったろう。嗜虐的である。

いくら仏教を禁断し、信仰を迫害したところで、疫病の流行がおさまるわけはない。流行の勢いは日にまし加わり、ついには敏達天皇も罹病された。守屋もかかった。底止するところを知らない勢いであった。

この病気をわずらうものは、高熱が出て火に灼かれるようで、身の痛むこと、数千条の笞で乱打されるようであり、全身がこなごなにくだけるようであり、病人らは苦痛にたえかねて泣きさけび、さけびながら死んで行った。

こんなことから、人々は、

「これはただごとではない。この瘡を病むものは、火の燃えついたようにからだが熱いというし、からだ全体が笞打たれるように、また打砕かれるように痛いといっている。ひょっとすると、あのホトケという異国の神様のたたりじゃぞ。あの神様は焼かれ、笞打たれ、こなごなに砕かれて、難波の堀江に捨てられなさったのじゃ。よう似とるでないか」

と、ささやき合っていたが、天皇も感染され、守屋もそうだと聞くと、それは決定的となった。

「きまった。まさしくホトケのたたりじゃ。大連は直接に手を下した人、みかどは命令をお出しになった方じゃ。あな、おそろしや」

と、身の毛をよだたせた。

民間のこのささやきは、天皇のお耳に達した。ご恐怖一方（ひとかた）でない。馬子はするどい男だ。この機に乗じた。また奏上する。

「わたくしの病気はまだ平癒しません。これは仏力でなければ、とうていなおりません。どうか仏法の信仰を許していただきたい」

恐怖しておられる上に、大臣の嘆願だ。

「そなた一人が信仰するなら許そう。しかし、余人には禁断する。決して余人をその信仰に引入れてはならんぞ」

と、条件つきでお許しになり、三人の尼も返還された。

馬子の目的は全面的な禁断令の撤廃であったから、これでは不満だが、いたし方はない。お礼を申し上げて、三尼を引取り、新たに寺をつくって、丁重に待遇する。

守屋は幸い病気が軽くて、間もなく平癒したが、天皇は益々重態になられ、ついに八月十五日、空しくなられた。

殯宮（もがりのみや）（ヒンキュウと音読してもよい。埋葬前しばらく死体を棺（ひつぎ）に入れて安置しておく宮）は広瀬に設けられた。広瀬は今の葛城郡百済村にあって、当時は葛城川と曾我川とが合して広い瀬になっていたので、こう呼ばれていたのである。

殯宮では、人々が次々に出て、死者の生前の功業をたたえ、死去を悼（いた）んで誄言（しぬびごと）を奉るのが例になっている。

馬子の番が来て、しぬびごとしているのを見て、守屋はこうあざけった。

「見ろや、あの小男が長い太刀を佩（は）いて、ふるえながらしぬびごとしているところを。とんと小（こ）雀（すずめ）が猟矢（ししや）をくろうたようじゃわ」

馬子は小男だったのである。

守屋の番になると、馬子があざける。

「ほ！　ふるうことじゃのう、手も足も。鈴をかけたら、さぞ鳴りがよかろ」

悲嘆、哀悼の情をあらわすために、からだをふるわせるのが、礼法になっていたのである。

崇仏・排仏の争いは、もちろん権力闘争でもあったのであるが、それがもう個人的な憎悪にまでなっていたことが、よくわかるのである。

野心と欲情

敏達（びだつ）天皇のすぐ次の弟は穴穂部皇子（あなほべのみこ）である。穴穂部はこんどは自分が皇位につくのだとよろこんだ。

日本で、家の相続が父から子へ、その子も、とくに長子へということが確立したのは、新しいことである。正確には江戸時代からであるといってもよい。長い歴史の推移の間に、少しずつそうなって来たのである。

氏族は、氏族のものが総がかりで盛り立てて行かなければならないものであるから、氏族の首長が死ねば、氏族中の次の有力者が首長となって氏族をたばねて行くのが、最も合理的であり、従って最も古い形である。この時代はそれが普通であった時代である。

先帝敏達天皇には、多数の皇子があるが、いずれもまだ若い。皇位はどうしても天皇の弟皇子らに行くことになるが、穴穂部は一番の年長であり、その母は朝廷第一の権勢者である蘇我馬子（そがのうまこ）の妹小姉君（おあねぎみ）である。当然、皇位は自分に来るものと信じた。

ここまでは、よい。穴穂部がとくべつ悪辣な野心家であるとも、貪欲であるとも言えない。当時の常識によって、自分に幸運がまわって来たのをよろこんでいるだけのことだ。

しかし、これから先が悪かった。

もがりの宮の祭はいく日もつづけられるので、皇族や豪族らはそれぞれに殯宮の周囲に仮小屋をいとなんで、泊りこんで、いろいろな儀式に参加するのである。ある夜、穴穂部は自分の小屋で酒をのんだ。次第に酔が深くなるにつれて、穴穂部のよろこびはたかまって、皇位についてからのさまざまな愉楽が、胸中にくりひろげられて行った。

その愉楽の一つに、先帝の皇后炊屋姫を自分のものにすることがあった。先帝の皇后を次の天皇がめとることは例ではないが、天皇になればやってやれないことはないと思ったのである。

穴穂部は以前から皇后を美しいと思っていたが、今までは高嶺の花であった。とうてい手のとどくものとは思っていなかった。しかし、今はずっと手近かなものとなって、微風に吹かれて匂いやかに咲いている花だ。殯殿の奥で、白くゆたかな身を真白な麻の喪服につつんで寝ている姿が思い浮かべられる。

「いいな。百合の花だ。白い。真白だ。芳香をはなっている」

舌なめずりしたい思いだ。

とくとくと、土器に酒をついですすった。

ここに来て以来、数日禁欲しているために相違ない、突如として、それは猛烈な欲情となった。

「いずれはまろのものとなるのだ。少々早いか、遅いかだけのことだ。行くか」

酔いのために放恣になった意馬には手綱がない。天皇は長い間病気だったから、きさきも空閨をかこっていたはずだと思った時には、からりと土器をすてて立上った。

小屋を出た。

中秋二十二三夜の月が、ほんの少し伊賀境の山をはなれたところにさしのぼっている。

もがりの宮は、先帝の寵臣であった三輪ノ君逆という者が、隼人らをひきいて警衛している。

隼人は南九州に住む異民族だ。武勇すぐれた種族なので、毎年数を割当てて京に招集し、宮殿の警衛や天皇の出遊等の際の警護をすることになっている。固有の言語風俗をかたく守って、大和人の風俗に同化してはならないことになっていた。だから、顔に入墨をし、頬に丹を塗り、固有の言語をあやつり、固有の歌をうたい、固有の舞いを舞うのである。入墨は当時は大和地方でもしているものが多かったが、次第にそれは少くなる傾向にあった。しかし、隼人族にはそれが強制されていたのだ。

これは大和朝廷の虚栄心である。こんな異民族がわれわれによって征服されているのだという虚栄心だ。同化政策などは、まだ考えられていなかったのである。

三輪ノ君逆は、穴穂部が酔歩蹌踉として近づいて来るのを見ると、危険を感じ、隼人らに命じて、門をしめさせた。

皇子は門のところまで来て、それがしまっているのを知ると、さけんだ。

「ここをあけろ！　穴穂部だ。次代の大君だぞ！　あけろ！」

隼人らは、なにやら言った。なまりが強くて、穴穂部にはよくわからない。

「まろを知らんのか！　次のみかどの穴穂部ノ皇子だ！　ここを開けい！」

と、いら立った。

隼人らはふちに入墨をして鋭く見える目で凝視したまま、動こうとしない。ちらちらとゆれる篝火の光の中に酔眼をすえながら、穴穂部はまたわめいた。

「わいらの隊長は誰だ？」

「三輪ノ君逆でございます」

「逆じゃと？　出て来いといえ！」

三輪ノ逆は、今の三輪神社のあるあたりの豪族である。誠実で、亡くなった敏達には大へん気に入られていたが、穴穂部から見れば木ッぱ豪族にすぎない。

穴穂部の気勢のすさまじさに、隼人の一人が逆に報告のために、奥へ消えた。

逆は物かげにかくれている。

「何と仰せられても、お入れしてはならん。そう言ったとはいえ。おれは奥で大事な御用をつとめていて、手がはなせないと言え」

隼人はかえって来て、その通りに伝えたが、これまた半分以上わからないことばである。ただ、決して入れるまいとする決意が、全部の隼人らの眉のあたりにあらわれていた。

「わいらは、まろがこんどのみかどになることを知らんのか。開けろ！　言う通りにせんにおいては、必ず報いを見るぞ！」

穴穂部は七度まで開門せよとわめき、ついには門に手をかけてゆさぶり、押破ろうとした。

隼人らはついていた鉾(ほこ)を取りなおして身がまえ、異様なさけびをあげた。ぞっとするほど殺伐な声であった。突きころすぞ、と言っているようであった。

この野蛮人どもは、ほんとに殺すかも知れないと思って、やめたが、腹はいよいよ立つ。

「うぬら、死んだみかどにはそんなに忠義をつくすくせに、生きているみかどにはつくせんのか。やい！　逆！　そのへんにいることはわかっているぞ！　覚えていよ。このままでは捨ておかんぞ！」

とわめき立て、小屋にかえった。

このことは、逆から蘇我馬子にも、物部守屋(もののべのもりや)にも報告された。もちろん、皇后にも。

穴穂部も酔いがさめて見ると、後悔せずにいられない。胸のうちに深く包んでおくべきことを口にしたばかりか、行動にまであらわしてしまったと思うと、覚えずうめき出したいほどの気持であった。

ともあれ、出来るだけ正当化しておかなければ、皇位も飛んでしまうと思ったので、殯葬(ひんそう)がすむと、先(ま)ず馬子を訪問して、

「三輪ノ逆は不遜(ふそん)なやつだ。もがりの宮で、皆が誄詞(るいし)を奉った時、やつは、『朝廷を拭き清めた鏡のごとく平和清浄ならしめるよう、わたくしは努力いたします』と申したぞ。身分をわきまえないことばとは思わんか。先帝には皇子と皇弟も多数ある。不肖ながら、まろも皇弟の一人だ。さらに大臣(おおおみ)、大連(おおむらじ)たるそなたらもいる。それをさしおいて、一人で朝廷を背負っているような言いぐさは、不遜千万、無礼千万である。

またダ、ある夜、まろは殯殿内で先帝に奉仕しようと思って入ろうとしたところ、やつは拒んで入れなかった。七度も開門せよと呼ばわったのだが、隼人どもにかたく門をしめさせて、おのれは出て来もしなんだ。斬って捨ててくれようとまで思ったぞ」

馬子はつつしんだ様子で、一々うなずきながら聞いて、

「仰せ一々ごもっともでございます。まことに無礼でございます」

と答えた。やせて小さい顔はものしずかで、うやうやしい。深い淵に小石を投げこんだようで、まるで手ごたえが感ぜられない。穴穂部はいらだたしかったが、ともかくも、これで済んだことにして、次には物部守屋を訪ねて、同じことばをくりかえした。

これは大いに手ごたえがあった。

「わたくしも逆の誄詞を聞いた時、そう思いました。近頃、上下の分が乱れています。それというのも、仏法をはじめ、異国の風がはやって、古来の美風が失われつつあるからでございます」

というのである。

守屋は年三十半ば、たくましいからだと、たかい鼻と、鷹のように鋭い目を持った、精気にあふれた感じの男である。当今の時勢をののしる時には、顔の下半分を蔽うている濃いひげがさか立って、慷慨の情があふれて見える。薄い、赤いひげがしょぼしょぼと生えている小男の蘇我馬子にくらべると、月とすっぽんほどのちがいがある。

穴穂部は、守屋が真ににくんでいるのは馬子であって、三輪ノ逆をにくんでいるようなことを言うのは、馬子にくさの飛ばっちりにすぎないことをよく知っている。しかし、この際としては、

これを利用するより道がない。うまく守屋を焚きつけることが出来れば、皇位につくことが出来ると計算した。

　しかし、馬子の悪口をあらわに言っては、めぐりめぐって馬子の耳に入り、不利をまねく恐れがある。大いに考えて、守屋に合槌を打つことにする。

「なるほど、そう聞いて、まろもわかった。逆のあの僭上は、当今はやりの異国風から出たものか。おそろしいものだのう。この勢いで進めば、世の中はやがてどうなるであろう。まことに案ぜられるのう」

「仰せの通りでございます。禍根はまことに深うございます。何せ、蘇我ノ大臣が帰化人共の大法螺にまよいこんでいるのでありますから。この禍根を絶つには、こんどのみかどとなる方が、よほどに強い覚悟をもって、断乎として邪神信仰をはじめ一切の異国風を禁断して、一歩もたじろがない態度であられるより、方法はありません。わたくしはその覚悟で、こんどのみかどをお選びするつもりでいます」

　風向きはますますよくなった。穴穂部はわくわくして言った。

「そういう皇子がいるだろうか」

　守屋はじろりと穴穂部を見た。こちらの心中を見すかしている目つきに見えて、かすかなふるえが背筋を走った。高いところから飛びおりるに似た気持で、言った。

「まろは先帝のさしつぎの弟だ。最も強い継承権を持つ者だ。まろが当今の時勢を最も憂えていることを、承知していてもらいたい」

声がふるえて来そうなので、懸命にこらえて言いおえた。

守屋はだまって穴穂部を見つめている。胸のうちで他の皇子らと比較しているのだと思われた。穴穂部は断乎たる様子を見せようと、胸を張り、顔を正し、まじろぎをこらえて、守屋を凝視していた。

守屋は言う。

「皇子の母君は蘇我ノ大臣の妹御、小姉君でありますが、大臣の意にさからってもよいという御決心がございますか」

「言うまでもない。これは蘇我ノ大臣にさからうのではなく、天下のために正義を行なうことであると、まろは信じているぞ」

守屋はなお思案しているようであったが、やがて低い声で言った。

「ふくんでおきます」

「頼む」

穴穂部は背中につめたい汗のにじんでいることに気がついた。

穴穂部は酒のごちそうにまでなって、ほろほろと酔って、夕方近くになって辞去した。いい気持であった。

馬子は何を考えているかわからない陰湿な男だが、妹の子である自分に悪意は持つまい。守屋はああして約束してくれた。大臣と大連とが支持してくれるかぎり、自分が皇位につくことは確実であると思うのであった。

数日の間、穴穂部は楽しかった。酒がうまい。女が可愛い。見るものすべてが、薄紅い霧につつまれているように美しかった。

ところがだ、月がかわって九月四日、次代のみかどがきまったが、それは穴穂部の異母弟、橘豊日(たちばなのとよひ)であった。母は馬子の妹堅塩媛(きたしひめ)、穴穂部の母と姉妹である。

穴穂部は仰天し、守屋の宅に飛んで行った。

「みかどは豊日ノ皇子にきまったというではないか。どうしたわけだ。そなたはまろとあれほど約束したではないか」

と、食ってかかった。

守屋は鷹のような目を穴穂部に射そそぎ、おこっているような調子で答えた。

「わたくしは皇子を極力推しました。しかし、皇子の評判がまことに悪い。もがりの宮で、皇子は皇后に邪心を抱き、これを奸淫(おか)し申すために闖入(ちんにゅう)しようとなされたことになっています。三輪ノ逆がそう報告したと、蘇我ノ大臣が申します。皇后もそう申されました」

穴穂部は顔が熱くなって来るのを感じたが、さけんだ。

「ちがう、ちがう！　まろは先帝の御遺体につかえまつるために行ったのだ。神々も照覧あれ、いつわりではないぞ。そなたはこの前、まろの申すことを聞いたのだ。なぜそう言って、逆のいつわりをくじいてくれなかったのだ」

皇后に恋慕していることは事実だ。あの夜その心に駆られて行ったことも事実だ。しかし、あの夜はその心を口にはしなかったと思っている。でも、口走ったのだろうか。ずいぶん酔っていたからと、不安であったが、ここは押し切らなければならない場だ。

「逆めは、あの夜まろにののしられて、うらみをふくんでいると見える。しかし、いくらうらんでいるとて、言うにことを欠いて、そんな不届きなウソを言うとは！」

守屋は一層強い目つきになって、うなるような声で言う。

「わたくしが皇子のために申さなかったとでも、思っていらっしゃるのですか。申したのです。そこで、逆を呼び出して問いただすことになりました。逆はたしかに皇子が酔いだみた声でそうわめかれたのを聞いたと申したのです。その上、あの夜、皇子は隼人らに、まろは次代のみかどだ、その方らは死んだみかどには忠義をつくしても、生きているみかどにはつくさんのか、必ず憂い目を見せてやるぞと仰せられました由。逆はつい近くの物陰にいて、これを聞いたというのです。このことは、わたくしも前から逆に聞いています。

しかし、皇子がこの前お出でになって、ああ仰せられましたので、信じないことにしていました。ところが、逆は天つ神、国つ神におごそかに誓いを立てて、決していつわりでないと申したのです。わたくしも口をつぐまざるを得なかった。蘇我ノ大臣の主張が通って、豊日ノ皇子をこんどのみかどと仰ぐことになったのです」

守屋の顔はにがにがしげなものになって、腹立たしげにつづける。

「皇子は、どうしてそんな無思慮なことを仰せられたのです。皇子を推したわたくしは、馬子に負けたのですぞ。皇子はわたくしをおこっておられますが、わたくしこそおこりたい気持ですぞ」

穴穂部はひるんだが、なお言った。

「まろは酔っていた。何を言ったか、覚えていない」

「それが何の言訳になります。酔って、もがりの宮に入ろうとなさるなど、第一不謹慎千万です。それでは、皇子が先帝のご遺骸（いがい）に奉仕するためであったと仰せられても、信じられないのが当然です。わたくしは信じますが、余人にどうして信じられましょう。

酔っていて、何を仰せられたか、お覚えがないほどであるなら、皇后にたいする不敬を仰せられなかったという証拠もない道理です。皇子の酔いは、天運を逸（そ）らしてしまったのです。もはや、いかんともすることは出来ませんぞ」

一言もない。穴穂部は、手につかんでいたと思っていた皇位が、鳩（はと）のように遠い空に飛び去って行くのを、まざまざと見ているような気がした。

翌九月五日、橘豊日の即位の儀式が行われた。皇太后炊屋姫をはじめ、皇族、大臣、大連その他の豪族、群臣が参列して、儀式は荘重盛大に行われた。後に用明（ようめい）天皇とおくり名する方である。穴穂部も参列したが、昨日までは弟皇子として見た人に、大君としてつかえなければならないと思うと、胸がふるえるほど口惜しかった。炊屋姫の美しさが、その口惜しさを倍加した。炊屋姫は今年三十二になる。ぬけるように色が白く、女ざかりのふくよかな肉（しし）おきである。威厳と憂いをふくんだ美しさは、この世のものとは思われないほどだ。

（ああ、みんな夢となった）

いく度か、人知れぬ溜息（ためいき）をついた。

新しいみかどは、この時三十九であった。みかどにはこの時すでに三人のきさき達との間に、六男一女があった。その一人が厩戸(うまやど)王子だ。父君が皇位につかれたから、この時から厩戸皇子である。この時十二であった。

皇子の母君である間人(はしひと)皇女は、正妃であったから、この人もこの時から皇后である。

この時代には定まった帝都はなく、一代毎(ごと)に皇居を営むのが普通になっていたので、みかどは即位とともに磐余(いわれ)に宮づくりして遷(うつ)られた。今の桜井(さくらい)市阿部(あべ)で、宮殿の名を池辺(いけのべ)ノ雙槻宮(なみつきのみや)といった。二もとの槻(つき)の木があったのであろう。

なにごともなく、その年は暮れたが、翌年の夏五月、穴穂部と物部守屋とが、三輪ノ逆を殺すという事件がおこった。

穴穂部は酒の上の失敗で、皇位をとりにがしたことを大いに後悔しながらも、逆をうらんだ。逆が一切を胸につつんでいさえすれば、こんな結果にはなりはしなかったのだと思わずにはいられない。わがままに育った人間にはよくあることだ。

時が立つにつれて、後悔は消えて、うらみだけが深刻になった。

そのうち、皇位にたいする欲望がよみがえって来た。皇位の中には一切のものがある。富も、権勢も、炊屋姫も。

ついに、逆を誅殺(ちゅうさつ)することを名として兵をくり出して皇居を襲い、逆を殺すとともに、混乱に乗じてみかどを弑(しい)し、自ら皇位につこうという、おそろしいことを考えた。

これほどの大計画は、とうてい穴穂部だけではやれない。守屋をさそいこもうと考えた。

あたかもよし、守屋はこの頃一層世をおもしろくなく思っている。用明天皇の代となって、馬子の権勢が一層強くなったからである。天皇は馬子の妹の子であるから、馬子は天皇の伯父にあたる。その上、天皇を擁立した功がある。

守屋ははじめ穴穂部を推したが、馬子は用明一本槍だ。擁立者という形になる。用明が馬子に恩を感じ、親しみを持ち、信頼するのは最も自然である。勢い諸豪族らも、役人らも、馬子に慕いよるものが多い。守屋が世を益々不愉快に思うようになるわけであった。

穴穂部は、守屋のこの気持を読みとった。もちろん、弑逆のことなど持ち出しては、万事うちこわしになるから、もっぱら逆にたいする憎悪を吹きこむことにする。

「逆というやつ、先帝の在世中は先帝にべたべたと媚びて、お気に入りになっていたが、この頃では蘇我ノ大臣にせっせと出入りして、あの薄い赤ひげの塵をはらっている。ムシズの走るほどいやな男だ。

まろは近頃になって、気のついたことがある。みかどと大臣との親愛、この頃の逆の大臣への媚びよう、大臣の奥深い性質などを思い合せると、去年のもがりの宮でまろが乱暴不敬なことを言ったという逆の報告は、陰険悪質な謀略ではなかったかと思わずにいられないのだ。いくら酔っていても、しばらく時日が立てば、おぼろにでも思い出すものだが、あの夜まろが言ったということは、まるで思い出すことが出来んのだ。まろがしたたかに酔っていたのにつけこんでの、謀略であったとしか思われんのだよ」

人をたらすには、好むところをもってするのが、最も効果がある。女好きには女、金銭好きには金銭、名誉好きには名誉、学問好きには学問、守屋の場合には蘇我憎さだ。愚昧(ぐまい)ではないはずの守屋が、きれいに引っかかった。


穴穂部と守屋との間に、逆を殺す相談がまとまった。名目は、

「先帝の殯葬の時、身分をわきまえない僭上(せんじょう)な誄詞をのべたばかりか、穴穂部皇子に無礼をはたらいた罪」

というのである。

去年の八月のことを、今さら理由とするのは時機おくれであるが、名目は形式である。つまりは穴穂部にとっては帝位につくための挙兵であり、守屋にとっては蘇我馬子の有力な与党を殺して打撃をあたえればよいのである。もちろん、守屋は穴穂部のおそろしい心中を知らない。

五月になって、馬子が河内(かわち)の石川の別荘に行って不在になったので、両人は兵をひきいて、皇居におしかけ、包囲し、

「みかどにたいしては露ばかりも異心はありません。三輪ノ逆の罪をただすためにまいったのです。逆の身がらをいただきたい」

と申し入れた。

ところが、逆はさかしい男だ。軍勢がおしかけて来たと見ると、すばやく皇居を脱出していた。

皇居では、

「逆はつい今し方まではいたが、軍勢の来るのを見ると、いず方へか行ってしまった」

と答えた。

穴穂部は真の目的が目的だ。信じられないと言って、兵を入れて皇居中をさがすといきり立ったが、守屋は、それではみかどに恐れ多いことになると、同意しなかった。

しかし、皇居側の言いぶんを信用しているわけではないので、包囲をつづけながら、兵らを諸方につかわして捜索させた。包囲は夜に入ると篝火を焚(た)きながらつづけられた。

逆は二人の子らとともに三諸(みむろ)山に入って潜伏していたが、夜なかに山を出て、炊屋姫皇太后の宮殿に入った。皇太后は先帝の忠実な臣であり、お気に入りであった逆に好意をもっておられる。保護を承知された。

三輪の一族に白堤(しらづつみ)という者と横山(よこやま)という者とがいた。二人は貪欲(どんよく)な性質であった。逆の一家が死にたえれば、その部曲(かきべ)、部民(べみん)、田どころ、財宝等一切が一族である自分らのものとなるので、逆の潜伏場所を密告した。

守屋はすぐ押しかけようと色めき立ったが、穴穂部は守屋だけを行かせて、自分はあとにのこって、皇居に乱入し、真の目的をとげようと思案した。

「そなた一人にまかせよう。皇太后(おおきさき)の御所へおしかけるのは、まろには心がひるむ。去年の逆のざん言もあることなり」

心ひるみは、まるっきりのうそではない。炊屋姫にたいする思慕を燃やしつづけ、いつかはその愛を得たいと思っている彼は、この上の悪意は持たれたくないのであった。

ところが、守屋も今は穴穂部の心中に、ある疑いを持つようになっている。きっと穴穂部を見て、

「それでは、わたくし一人でまいりましょう。しかし、皇子の兵共はお借りしてまいります。取りにがす心配のないように。皇子はお帰りあって、お待ちいただきましょう」

といって、すぐ命令を伝え、全部の兵をひきいて行ってしまった。

短い夏の夜がようやく白んで来る下を、ほこりを立てながら遠ざかって行く軍勢を見送って、穴穂部は苦笑してつぶやいた。

「やつ、知っているわ」

夜がすっかり明け切った頃、穴穂部は自宅にかえりついた。何かいまいましい。酒をのんでいたが、何としても、ついの目的をあきらめなければならないのが残念だ。

また出かけることにして、一旦(いったん)ぬぎすてた甲冑(かっちゅう)をつけて門を出た。その時、前方から馬上で来るものがあった。

馬子であった。

馬子は夜なかに、石川の別荘で、自宅から出した異変の急報に接し、大急ぎで帰って来たのであった。穴穂部の姿を見ると、またずいぶん離れたところで馬をおり、いかにもつつしんだ様子で、小がらなからだを運んで来る。用心はおこたっていない。くっきょうな体格の従者を七八人もつれていた。

穴穂部は心のうちで舌打ちした。巌(いわお)のようなものに前に立ちふさがられた気持であった。

馬子がいなければ、これからおこる変化を利用して、本望を遂げる機会をつかむことも出来ようが、馬子が帰って来た以上、もうすべての可能性は去ったと見てよい。

馬子は薄い赤ひげの生えた口もとに愛嬌笑いを浮かべながら、うやうやしくおじぎして言う。

「思い切ったことをなされましたなあ。てまえは石川の別荘で聞いて、おどろきました」

皮肉であることはわかっているが、皮肉と感じさせない調子だ。

「ついにがまんが出来なんだ。どう考えても、三輪ノ逆は捨てておけぬやつだ。公けのためには不遜僭越であり、まろがためには名誉を傷けた罪がある。前もってそなたの諒解を得べきであったが、不在であったので、やむを得なかった。おくればせながら、事情を説明した。諒解してくれるよう」

「ご鄭重なおことばで、恐れ入ります。諒解するどころではございません。しかし、拝しますれば、甲冑を召しておいでですが、いずれへいらせられるのでございますか。

てまえはこちらに帰ってまいりまして、はじめは皇子もお出かけであったが、いよいよ相手の居場所がわかると、大連だけが行きむかい、皇子はご帰宅になったと伺いまして、さすがは皇子、ご自身で遊ばすのはおやめになったと、恐れながら感じ入っていたのでございます。まさか、そのめでたいお心ばえをおひるがえしになったのではございますまいな」

ほめて、こちらの動きを縛ろうとするのかと、つらにくかった。皮肉に笑った。

「その通り、まろは行く気になったのだ。一旦は大連にまかせておけばよいと思ったのだがな」

馬子はおどろいた顔になる。それが本当のおどろきでないことを、穴穂部は知っている。一層、意地悪を言いたくなった。

「逆は油断もすきもならない、すばしこい男だ。取逃がしはせんかと、まろは心配なのだ」

馬子の表情はまたかわって、いかにも憂わしげな顔になった。仮面をぬぎかえるようであった。

「皇子たるべき人は、不祥な刑人に近づき給うべきではございません。ご自身お出かけになるなど、なさってはならないことでございます」

「いや、行く。そなたが何といっても、行く」

明るい日の下に出て、穴穂部の酔いは大いに発し、馬子をいやがらせることが愉快になっている。

「おれは行くぞ！」

従者のひいている馬の手綱を取って、ひらりととび乗り、いきなり駆け出した。

この年の陰暦五月は、太陽暦では五月二十六日からはじまっている。すなわち今の六月だ。真夏である。太陽に照らされてかがやく満目の緑の中を疾駆する穴穂部は、兇暴なものが全身にみなぎって、あらあらしい雄叫びが口をついてのぼって来た。

馬子もつづく。

従者らもおくれじと走らせる。

追いつ追われつ、しばらく疾走がつづいたが、皇居をはるかに向うに見るあたりまで来ると、昨夜一睡もせず、先っきからまた酒ばかりのんでいた穴穂部は、さすがに疲れが出て来て、馬足をゆるめた。

馬子は追いついた。

「しばらくお休みを願います。このままでは、てまえはお供が出来ません。この年で、夜なか立ちして、石川から夜通しまいったのでございますから」

わざと息をはずませて言った。

穴穂部も息をはずませている。

「では、休もうか」

馬子は従者の馬につけて来た床几（しょうぎ）を青草の中にすえて、穴穂部にすすめ、自分はその前に草をしいてすわった。

ものしずかな調子で、また諫言（かんげん）をはじめた。

「先程も申し上げましたように、皇子方は不祥不浄のものにお近づきあってはならないのでございます。なぜなら、皇子方はみな大君となり給う資格があらせられるからでございます。金銀珠玉をもって飾った、宝ともいうべき器物も、一たび便器として使用すれば、もはや祭壇にはそなえられません。てまえがお諫（いさ）め申しますのは、この故でございます」

この諫言はきいた。あなたにも、まだ機会はありますぞと言っているのである。

穴穂部は馬子の目を凝視した。ほんとにそう思っているのか、自分をすかすためにだけ言っているのか、見破ろうとして。

馬子の小さい目は澄んでいる。微笑をふくんでいる。薄ひげの生えた、とがったあごが小さくうなずいている。信じてもよさそうである。穴穂部の頰に微笑がのぼって来た。

「そういうことなら、ここで待とう。まろも少々くたびれている」

「お聞きとどけ下されまして、ありがとうございます。それでこそ皇子、お行末のご運もめでたくあられようと、うれしく存じます」

馬子にとっては、穴穂部は甥だから、幼い頃には愛情を持っていたが、成人するにつれて、そうでなくなった。気があらいのである。気があらいのは、賢こすぎると同様に、権臣にとってはあつかいにくい。君主には不適当である。従ってこの人を皇位につける気は毛頭ない。

それを、次代の皇位を約束するようなことを言って引きとめたのは、穴穂部が三輪ノ逆を殺して心驕っているであろう兵共や、物部守屋と一緒になれば、皇居襲撃などという乱暴をするかも知れないと思ったからである。

守屋は去年の位定めの席で穴穂部を推したが、その野望は二人の胸からまだ消えていないはず、こんどのことも、そのために起したに違いないと、馬子は見ているのである。

しばらく待っているうちに、守屋は兵をひきいてやって来た。陣頭に、三個の首が鉾につらぬかれて推し立てられている。逆とその二子の首である。いずれも高い鉾の先に、おどろに髪をふり乱し、昼近い日に照らされ、顔は油でも塗ったようにぴかぴかと光っていた。

守屋は中陣に馬を打たせていたが、穴穂部と馬子を見ると、兵共を停止させた。首を鉾からおろさせ、兵共に持たせて、二人のところへ来た。

「やあ、ごくろうであったな。討取って来たな。胸がすいたぞ」

と、穴穂部はさけんだ。

その前に立って、守屋はいかにも武人らしい身ごなしで拝礼した。

「討取ってまいりました。ご実検遊ばしますよう」

「しよう」

と、穴穂部は言ったが、ふと馬子のことばを思い出して、馬子の方を見た。

「お忘れなきよう」

と、馬子は言った。

「何のことでございます」

と、守屋は二人の顔を見くらべた。

穴穂部は馬子の言ったことをくりかえした。

守屋は、「ふん」と鼻を鳴らして、ぐるりと大きなからだを馬子の方に向けた。

「これは戦さじゃ。姦悪の徒を皇子が征伐され、大連たるわれらが大将軍をうけたまわって行き向ったのじゃ。大臣の好きな異国の習わしは知らず、この国では大昔から、みかども皇子方も遊ばされたことじゃ。何の不祥不浄であろう。いざ遊ばされよ」

と、強く言って、首を持っている兵らをふりかえって、合図した。兵らは進み出て、ひざまずいた。片手に髪をつかみ、片手を首の切口にあてて、差出す。穴穂部は馬子の思わくが気になったが、しかたはない。検分した。

馬子はつぶやいた。

「ああ、やがて天下は乱れよう」

守屋は聞きつけて、せせら笑った。

「天子は不浄に近づかずとは異国の教えだ。この国は異国ではないぞ。異国のものさしで何がわかるものか」

天下大乱

即位の翌々年の四月二日、用明天皇は皇居近くの河（おそらく今の寺川であろう）のほとりで新嘗祭を行われた。

元来印度南部の原産である稲がいつ日本に伝わって来たか、定説がない。経路についてもよくわからない。しかし、たぶん印度から印度支那半島に伝わり、ベトナム地方から中国に入り、支那海をこえて朝鮮南部に伝わり、そこから北九州へ入ったろうと想像されている。

稲とその耕作法の伝来は、日本人の生活を大変化させた。それまでは、老人、女、子供らは山野に自生する食用植物や、川や湖沼や海辺で貝類やナマコやタコのようなものを採集して、細々といのちをつないでいた。いわゆる海の幸・山の幸に頼る生活であった。

海山の幸は不安定であるから、餓えに苦しむこともしばしばであった。ある地域をとりつくすと、移動しなければならないから、住所も定まらなかった。水草を逐うて移動するのは遊牧民族の生態であるが、この時期の日本人もそうであった。こんな民族には国は営めない。せいぜい、一族が一族の首長にひきいられて、あちらこちらと食物をもとめて移動していたのである。

稲の伝来によって、彼らの食生活は安定し、一所に定住することが出来るようになり、従って国の原型も出来、それは次第に発展し、ととのって行った。最近の歴史学者らは、大和(やまと)朝廷の成立を、大和地方の諸豪族が連合政権を営んだのがそのはじまりであるといっているが、それはこのようにして大和に定住するようになった各氏族が連合したのであろう。

古代においては、稲はあらゆる幸福の源泉であった。最も大事な宝であった。しかし、年には豊凶がある。天候不順、虫害、旱害(かんがい)、長雨、台風等によって、不作や凶作がある。古代の人にはこれはすべて神々の不興や怒りのためと思われた。

神々の怒りをしずめ、神々の心をやわらげ、豊年にしてもらうことは、最も大事なことであった。天皇家はかくして、出来た。大和の連合政権を組織している各氏族の中で、最も繁栄している氏族は、その首長に最も霊妙な呪術(じゅじゅつ)力があると考えられたので、最も尊貴な血統として、これを祭司の長の家柄と尊んで、政権の中心としたと思われるのである。

だから、日本の各地に多数の政権がならび立っていた頃には、各地にその政権の中心たる祭司の長の家があったはずである。伝説としては出雲(いずも)政権の大国主命(おおくにぬしのみこと)しかのこっていないが、関東の毛野(けぬ)氏、山陽の吉備(きび)氏、北九州の磐井(いわい)の家などもそれであったろう。

これらはすべて次々に大和政権に併合されたり、征服されたりして、この物語の時代には、北は新潟県の半ばから福島県の白河関にかけての線から、南は九州の南端まで、大和政権の支配するところとなっていた。

こんなわけだから、筆者は王化とは、日本においては実質的には稲作の技術を教えることだったと思っている。歴史に出て来る四道将軍の派遣も、日本武尊の西征東征も、一時的には武をもって征しても、つづく宣撫工作によって、大和の優秀な稲作技術を教えて、同化したものと見ている。ずっと後世の坂上田村麻呂の胆沢城が数年前に発掘調査されたが、それは単なる城砦ではなく、農事試験場としか見られないものであったという。ぼくの説の傍証になることと思う。

大和国家と稲作とはこんなに関係の深いものだから、新嘗祭は、この時代では最も大事な祭であった。現代に至るまで、天皇が即位されて最初に行われる新嘗祭を大嘗祭というのは、天皇の職分とこの祭とが最も重大な関係を持っていることを語るものである。

物語にかえろう。

新嘗祭は収穫祭であるから、収穫期に行われるのが原則であるが、この時代は都合によって時々他の季節に行われている。

この時も、多分昨年は兵乱（三輪ノ逆の殺害）によって血の穢れがあったとして忌んで延期され、今年の四月二日に行われたのであろう。

儀式はおごそかに行なわれたが、それのすむころから、天皇は気分が悪くなられた。悪寒が襲って来たかと思うと、はげしいふるえが出、高熱を発せられた。

祭のあと、豪族や群臣らに饗宴を賜うことになっているが、とうてい出来そうにない。饗宴の主は皇長子の厩戸皇子に代行させることにして、天皇は早々にお還りになったが、気分は益々（ますます）悪く、腰のあたりがくだけるように痛くなって来られた。

　天皇の病気は天然痘（てんねんとう）であった。

　この頃になると、この病気のことも大分わかって来て、最初の頃のように、かかれば必ず死ぬというほどのことはなくなって来たが、天皇の容態ははなはだよくなかった。今日なら余病を併発していると診断するところであろうが、この頃はそれはわからない。とくべつ悪性であると思われた。

　蘇我馬子（そがのうまこ）は天皇に、仏を信仰なさることをすすめて、自分はこの信仰によって、この病気から救われたのだと説いた。天皇は心細くなっておられる。その気になられ、人々に、

「まろは仏を信仰したいと思い立った。皆で相談してくれよ」

と、仰せ出された。

　大和政権の豪族らは皇居の一室に集まって、相談をはじめた。

　物部守屋（もののべのもりや）と中臣勝海（なかとみのかつみ）は、もちろん大反対である。

「これはみかどの仰せごととも思われぬ。どうしてこの国の神々にそむいて、異国の神をうやまうべきであろうぞ。かような道ならぬことは、古来聞いたこともござらぬ。みかどの御職分を何と心得ておわすのか」

と、真向（まっこう）からたたきつける調子であった。ひげをさか立て、目を怒らせ、馬子をはじめその党与（とうよ）の者をにらみつけていた。どうせ、うぬらの細工であろうと言わんばかりだ。

馬子は、小声でぼそぼそと何やら言った。

「聞こえんぞ。はっきり言わっしゃれ！」

と、守屋はどなった。人々が顔色をかえておびえたほどの大きな声であった。

「聞こえませせなんだか。これは失礼」

馬子はわびて、小さくしわぶきして言う。

「みかどの仰せは、三宝を御信仰なさるについての方法を相談せよというのであります。われわれはそれについての相談をいたすべきで、御信仰なさるがよいの悪いのと詮議いたすのは越権であると存じますが、いかが」

低い声だが、はっきりと通った。

守屋は首をふった。はげしい調子で言う。

「われらはそうは思わぬ。信仰したいと思うがわれら皆々の意見を聞いた上で、心を決したいという意味で、仰せられたものと拝する。

これはすでに御先々代と御先代の御代にきまっていることだ。この異国神の信仰は、蘇我ノ大臣一人にかぎって許されているのだ。しかるを、禁令励行されず、邪神信奉の者が月毎日毎に多くなりつつあるので、神々がお怒りになったのだ。みかどの御病気もそのためである。

考えても見られよ。この異国神の来るまで、この国にはこんないまわしい瘡はなかったのだ。これがはやるのは、いつも必ずこの異国神の信仰がさかんに行われている時だ。われらはどうしても承服出来ない」

中臣勝海もまた反対意見をひろげる。

馬子は決して激し上らない。帰化人らから聞いた新知識を利用して、じゅんじゅんと説く。

「そう一方向きな考え方をなさるべきではありますまい。いかにも言われる通り、この病気の流行は仏法信仰と一致しているようではあるが、別な考え方をしてみていただこう。

この病気は西国の方からはやって来ています。つまり、三韓の貢船がもって来たことがわかる。仏法とは関係はないのです。されば、この病気を国に入れまいとするなら、三韓からの貢船を一切禁断するよりほかはない。しかし、それは出来ますまい。いかが」

たしかにそれは出来ないことである。三韓の貢船はこの国に幸福と豊富をもたらす宝の船だ。これによってこの国には便利な生活文化があり、珍奇な財宝があるようになった。鋭利な鉄の武器も、能率のよい鉄の農具も、もとはといえば三韓から来たのだ。大和政権の力が急速に増大して、各地の政権を制圧することが出来たのも、せんじつめれば源泉はここにある。

守屋は返すことばがなく、口惜しげに窓外に目を向けた。その時、穴穂部皇子の来るのが見えた。

穴穂部は守屋派の有力なメンバーである。守屋はこの人をこんどの天皇にするつもりでいる。それが来たのだから、大いによろこんだのだが、すぐその従者らの中に法衣をつけた者が一人まじっているのを見つけた。おや？　と思った。

それは百済からの帰化僧で、しばらく豊の国（北九州の豊前・豊後）に住んでいて、蘇我馬子の招きによって大和に移住して来たので、豊国法師と呼ばれている人物である。馬子をはじめ仏法信奉の帰化人らの信仰が厚いので、守屋はよく知っている。異国の邪神の祝として憎悪していることは言うまでもない。

（どうして皇子があんなやつを連れて来られたのだろう、しかも、よりによって、こんな際に）

胸は疑惑に曇った。馬子に抱きこまれているのではないかと疑った。その旨を受けて、早手まわしに連れて来たのではないかとも思った。一層不機嫌になった。

守屋の疑惑はあたっていた。何としても皇位につきたい穴穂部は、馬子を敵とすることは最も不利であると思った。だから、去年の三輪ノ逆事件以後、守屋との連繋は保ちながらも、馬子に接近することにつとめた。

馬子もこれを避けはしない。彼は穴穂部と守屋とが強く結束していることを知ってはいるが、腹に一物があった。何といっても、穴穂部は血統的には一番皇位に近いところにいる。これが守屋とだけ結んで自分を敵としていることは、脅威でないことはない。適当にあしらって、首鼠両端を持させておこうと思った。

「皇子は手前にとっては甥であらせられます。決しておろそかには思いません。くれぐれもご自愛あって、ご病気などなさらぬよう、また人に指目されるようなことを遊ばされぬよう」

と、次代の皇位を約束するようなことを言って、気を引いていたのである。穴穂部としては、益々心をかたむけずにはいられない。

今、豊国法師を連れて来たのも、馬子の依頼によるのであった。

「みかどの御容態はまことに重大で、痛心しています。万一のおんことがありましては、仏法を御信仰遊ばしたいとのおことばは、ご末期のおことばとなることになります。何としてもおことば通りにしたいと存じます。手前は力をつくして、人々の意見をまとめます。

つきましては、皇子は豊国法師を御所に連れて来ていただきとうございます。ご重態でございますから、お急ぎ願います。ご承知の通り、仏法のことについては、物部ノ大連が大反対なので、余人は大連にははばかって、引受けようとしないのでございます。皇子にお願いする次第でございます」

天皇の容態がさしせまっているとは、穴穂部にはうれしいことだ。しかも、馬子がこんな任務を自分に依嘱するのは、その信任がいかに大きいかを語るもので、これは自分を皇位につけてくれることを約束していると同然であると思った。張り切って引受けて、この運びになったのであった。

やがて、穴穂部は豊国法師を連れて、会議の席にあらわれた。

列席の皇族や豪族らにとって、これは意外ななりゆきである。両派ともさっと緊張し、異常な空気になった。

守屋はあの鷹のような目に怒りの色をみなぎらせ、穴穂部をにらみ、法師をにらみ、馬子をにらみ、大喝するように言った。

「これは一体、なんとしたことだ。議はいずれともまだ決定しとらんのに、異様なものがこの席に入って来た。説明をうけたまわろう。皇子が説明されるか、それとも蘇我ノ大臣が説明なさるか？　異国神のハフリめ！　うぬは目ざわりだ。退りおれい！」

豊国法師はおびえて立去ろうとした。

「待て、待て、そこにいさっしゃれ」

と、馬子はとめて、守屋の方にむきなおって、

「法師はわたしが穴穂部ノ皇子にお願いして、連れて来ていただいたのです」

といった。冷静な態度だ。守屋が激すれば激するほど、沈着になるようであった。

「横暴な！　議はまだ定まっておらんぞ！　この会議を何と心得ていなさるのだ！」

「先刻(さっき)も申した。今日の会議は、みかどが仏法を信じ給うの是非を論ずべきではござらん。みかどは信仰したいと仰せられるのです。それをいかにして遂げさせ申すかを相談すればよいのです。――まあ、まあ、お待ちいただきたい。最後まで言わせてもらいましょう。ご意見がおわすなら、その後で仰せありたい。

――わたしは、方今この国で最も仏法に精通しているのは、この法師以外にはないと思います故、この法師に来てもらったのです。それとも、物部ノ大連には、他に心当りの人物がおられるのでしょうか」

人を食った言い方だ。おちつきはらって、ばか丁寧なことば使いであるだけに、一層である。

「ホトケのハフリなんぞ、われらがどうして知るものか！　いまいましいことを言いなさるな！」

守屋はしんからいまいましげに言って、はげしい調子で論じ立てる。激昂(げっこう)のあまり、どすんどすんと刀のこじりを床につき鳴らす。今にもすっぱぬいて、馬子におどりかからんばかりの勢い

だ。座中おびえて、顔色を失った。馬子だけが、しょぼしょぼとした風貌ながら、さらにかわらない。

「大連よ。話はおだやかにして下され。静かに話しても、わかることですからの」

「いくら言ってもわからんから、腹が立つのだ！」

と、守屋がどなった時、入って来た者があった。

史（記録係）の押坂部（刑部とも書く）の毛屎という者であった。いかにもあわてた風で、守屋に近づき、耳もとにささやいた。

「豪族の方々が、大連様にたいしておそろしいことをくわだてていなさる由でございます。それぞれに人数を集めていなさるとの風評もございます。お帰りの道筋に待伏せするのではないかと案ぜられます。くれぐれもお気をつけられますよう」

この押坂部氏というのは、中国呉の李年孫という者がわが国に帰化して出来た氏族で、今の大阪府八尾市の弓削のあたりにいて、物部氏の部民であった。しかし、蘇我氏は帰化人にとっては最も親しみ深い豪族である。毛屎は物部氏を主家と仰ぎながらも、馬子に親しんでいた。馬子は守屋を会議から追い出すために、毛屎に、会議が難航するようであったら一芝居打つように言いふくめておいたのである。

そんなことは、守屋はもちろん知らない。おどろいて、座中の人々を観察した。席にいる者のほとんど全部が馬子党である。味方は中臣勝海のほか二三人にすぎない。毛屎の密告したようなことは大いにあり得ると思って、勝海にささやき、ともに席を立って、そのまま帰宅してしまった。

反対者がいなくなったので、会議は馬子の思うがままである。豊国法師を天皇の御病室に入れ、用意してある仏像、仏具を荘厳し、香を焚き、経を誦み、また仏法のありがたさを説かせ申した。

病みやつれて、いたましい姿となっておられる天皇は、病床にあって合掌礼拝されたが、病勢は好転せず、御発病後一週間、四月九日、空しくなられた。在位わずかに二年であった。

会議の席から大急ぎで帰宅した守屋は、大和にとどまっていては、豪族や皇族の大方が敵となっている現在では、とうてい防ぎはつかないと思って、龍田越えして、河内の阿都の別荘に移り、さかんに部民を召集した。

物部氏の大和における邸宅は今の生駒郡安堵村のあたりにあったのだが、河内の所領にその名を移して阿都といい、ここに別荘を営んでいた。今の八尾市内に跡部というところがある。そのへんであったという。

中臣勝海も、大和の本宅で部民を集めて自衛したが、彼は職掌がら、彦人皇子と竹田皇子との像をつくって呪詛までした。二皇子は先々代敏達の皇子で、有力な皇位継承権の所有者なので、穴穂部皇子を擁立するつもりの守屋党には好もしくなかったのである。

守屋は先帝の殯宮にも参会せず、阿都の別荘にいたが、つくづく考えると、自分の立場がおそろしく悪い。今はもう排仏、崇仏の争いや、蘇我氏との権力争いなどの段階ではない。今のようにして進んで行くかぎり、滅亡は必至だ。この際としては、蘇我氏をほろぼす以外には、自存の道はないのである。

熟慮の末、到達したのは、穴穂部とともに狩猟をするという名目で、人数を大和にくり出し、蘇我邸を急襲して馬子をたおすという、クーデター計画であった。

守屋は穴穂部に連絡した。

三輪ノ逆を殺した時には、穴穂部がクーデター計画を持ち、守屋はそうさせまいとつとめたのであったが、こんどは穴穂部は迷った。馬子のきげんが大いによいので、この分ではこんどの皇位は自分にまわって来ると信じてよい。それに反して、守屋の計画は一か八かの大ばくちだ。失敗したらいのちがなくなる。

しかし、馬子は底知れない奥深さを持っている人物だ。愛想のよい顔を見せていても、心の底では逆なことを考えているかも知れない。だとすると、守屋の相談に乗った方がよいわけだが……

さんざん迷った末、守屋に承知の旨を返答してやったが、まだ迷いが去らず、自家の卜部(うらべ)を呼んで、吉凶をうらなうように命じた。

「かしこまりました」

卜部は皇子の宅を辞去したが、心中大いに悩んだ。この男のうちでは、去年の冬、夫婦と子供二人が次々に疱瘡(ほうそう)にかかったので、蘇我氏の部民である帰化人らの祀(まつ)っている仏像をおがませてもらい、祈禱(きとう)をしてもらったところ、四人が四人とも、ごく軽くすんだ。以来、信を深くして、ひしと帰依しているのである。仏にたいする信仰は、蘇我氏にたいする尊敬感謝になる。

「異国の神とはいえ、こんなにも霊験ある仏が、この国にお出でになるようになったのは、ご先代の稲目ノ大臣とご当代の馬子ノ大臣とのお力である。お二人が、禁断されても禁断されても、天皇にお願いして信心されて来たればこそ、仏はこの土に根づきなされたのだ。お二人がいなさらなんだなら、仏はこの国にはいなさらなかったはず」

と、思わずにはいられないのである。当然、穴穂部から語られた守屋の計画を、

「なんという大悪業、この功徳のある方をほろぼそうとは！」

と、非難する気になる。

ついに決心して、仏を祀っている帰化人の家に行き、主人から頼まれたことを告げた。

もちろん、帰化人は馬子に報告する。

馬子はうなずいて聞いた。

「その卜部は、そちの申すことなら、何によらず聞くか」

「はい、いつも、手前を親子四人のいのちの恩人と申して、うやまっています」

「そんなら、その者に、卜象は吉であると答えさせよ」

「へえ？　吉と？……」

「ああ、吉だ」

「かしこまりました」

帰化人の帰って行った後、馬子はちょうどごきげんうかがいに来た、小豪族の土師ノ連八島に言った。

「おことに頼みがある。大伴ノ連比羅夫の家に行き、少し頼みたいことがある故、ご足労ながら、ちょいと来ていただきたいと申していただけまいか。同道して来てもらえれば、一層ありがたい」

「かしこまりました」

土師八島はすぐ出かけたが、一時間ほどの後には、大伴比羅夫を同道して来た。

土師氏は出雲系統の豪族野見宿禰の子孫である。宿禰は垂仁天皇に寵愛され、埴輪等の葬祭の器物をつくる部曲を統べて、大和政権の豪族群の一つとなったと伝えられている。

後世でこそ、菅原・大江等の氏を分岐して、道真・匡房などによって代表される大学者群を出しているが、このころの土師氏は、始祖とされている野見宿禰の話以外は、ほとんど伝わるところのない小豪族にすぎなかった。大和政権の権力が誰に帰するかは、その家にとって大問題である。蘇我氏に帰することがほとんど確実となった以上、せっせと出入りしてごきげんを取結ぶことは、家の安全と栄えにとって、最も大事なことであった。

しかし、大伴氏は段違いの大名族である。始祖天忍日命は天孫降臨にしたがって来た最も主要な神々の一人であり、その子孫道臣命は神武天皇東征の際の首位将軍的地位にあった人として、古伝説が伝えている。つまり、大和政権組織の当初から、最も有力なメンバーだったのである。

代々ずっと栄えつづけて来て、蘇我氏などよりははるかに上位にランクされて来たのだが、数代前から衰えはじめ、この頃ではその当主である比羅夫は、馬子の命のまま、来いと言われれば、何をおいても飛んで来るようになっているのであった。

馬子は比羅夫に言った。

「このごろ奇妙なうわさを聞きましてな。物部ノ大連が世を乱すくわだてをして、しきりに兵を集め、不日に狩りを名として、大和におし出して来るげなというううわさですわい。

みかどがおかくれなって、まだ次のみかども定まらぬ、こんな時には、とかく色々なうわさの立ち勝ちなもの故、多分根も葉もないうわさであろうとは思いますが、用心だけはせねばなりません。今物部ノ大連が一番おもしろくなく思っているのは、ほかならぬ、このわたしですからな。ハハ。

それで、わたしの警護をあんたにお願いしたいと思いましてな。物部ノ大連は当代無双の武勇の人ですが、あんたはその大連に少しもおとらぬ武勇のお人であり、お家柄だけに御一族にも、部民にも、勇士が多く、まことに頼もしい。そこを見こんで、お願いするのですが、お引受けいただけましょうかな」

大伴比羅夫は三十になるやならずの年頃だ。若い駒のように精悍なからだつきと顔をしている。感激の色を全身にみなぎらせて、うやうやしく一礼して、答える。

「大臣の仰せなら、当今違背する者は一人もないでありましょうのに、われらをお見立てあって、仰せつけていただきますこと、家のほまれ、身のほまれであります。ありがたく、お受けいたします。大連がいかほど大軍をひきいてまいりましょうとも、必ず防ぎおおせ、ご安泰に守り申すでありましょう」

昔はわが家は蘇我氏などよりずっと栄えた貴い家であったということを、この青年貴族は知らないではない。しかし、それは単なる知識になってしまって、実感をともなった記憶ではなくなっている。馬子にとって最も重大なしごとを委嘱されて、ひたすらにありがたく、またうれしいのであった。

「お引受けたもって、安心この上もありません。この上もなく感謝していますぞ」

いかにも情(じょう)をこめた様子で、馬子はおじぎした。

比羅夫は一旦(いったん)辞去したが、一時間立たないうちに、甲冑(かっちゅう)をつけ、弓矢、皮楯(かわだて)をもって、騎馬でかえって来た。よりすぐって強そうな従者十余人をひきいている。いずれも主人同様に武装して、馬に騎(の)っていた。

以後、蘇我邸に詰める。

馬子が殯宮に行ったり、皇居に参入する時は、下部(しもべ)のように随従する。

夜は邸(やしき)の内外に篝火(かがりび)を焚いて巡回し、いとも厳重な警備であった。

世間はこのうわさに湧き立って、今にも戦(いく)さがおこるかとどよめいた。

このさわがしさのために、殯宮の時期はとうに過ぎたのに、大葬も行われず、次のみかど定めもないので、世のどよめきは昂(こう)ずるばかりであった。

形勢におびえたのか、他に深い思案があったのか、中臣勝海は反省して心を改めたと言い立てて、彦人皇子の水派(みまた)の御所に伺候して、帰服を願い出た。

彦人皇子は、先代敏達の皇子で、しかも皇后の所生で、長子でもあったので、最も尊貴な皇族として重んぜられている人であった。その御所、水派ノ宮は北葛城郡馬見村大字大塚のあたりであったというが、今は河合村といっている。広瀬神社の少し下流で、大和川と富雄川とが合流するので、水派の名も河合の名もそこから生じたわけだが、その河合村の東北隅のあたりであったようである。

勝海は以前と打ってかわって卑屈な態度で、おべんちゃらの三千べんも言った。

皇子は、自分を呪詛した罪も、叛乱のために兵を集めた罪もゆるして、帰服を容れたが、皇子の舎人、迹見ノ赤檮は気概を重んずる勇者である。皇子に侍立して、にがにがしげに聞いていたが、いつか姿を消してしまった。

勝海はほどなく宮を辞して帰途についた。薄曇りした空の下には、植えつけ前の一面に水を張った田圃があり、道はその中をうねうねと曲りながらつづいている。その道を行って、左手に小笹藪のある前まで来ると、その笹藪がいきなり、ザワッと鳴った。乗っていた馬はおどろいて、棹立ちになった。

「ドウ、ドウ、ドウ……」

勝海は乗りしずめようとし、従者らは走りよって口綱を取ろうとしたが、その竹藪からおどり出して来た者があった。薄ら日の中に、ピカッと何かが光ったかと思うと、

「中臣ノ連、覚えたか！」

勝海は左の横腹に衝撃を覚えた。しずまりかかっていた馬は一層おどろいて、勝海をふりおと

し、従者らをふり切り、狂ったように疾駆し去った。

たたきつけられたように道にころがりおちた勝海は、

「卑怯だぞ！　何者だ！」

と絶叫し、腰の刀をぬいた。はね起きようとしたが、どうしたのか、少しもからだが言うことをきかない。横腹からたらたらと流れる生温(なまあたたか)いものがある。反射的に撫(な)でて見ると、その手のひらが真赤に染まった。恐怖がぞっと襲って来た。ああ、殺される、と、おびえた。全身の力ががくりと抜けた。

「卑怯とは舌長(したなが)な！　おのれこそ卑怯者よ。水派の宮にはめくらばかりいると思うたか。おれはおのれが心の底を、韓(から)渡りの鏡に照らして見るように知っているぞ！」

と、その男はどなった。はばひろく、長い、もろ刃の刀をふりかざし、じりじりとつめよって来る。

勝海はそれが迹見ノ赤檮であることを知った。

「おのれは迹見ノ赤檮だな！　者共、救え！」

勝海は従者らにさけんだが、かえって悪かった。赤檮の勇猛は皆知っている。従者らはおびえ上り、主人を打捨て、先を争って逃げ出した。勝海はもう助からないと思ったが、死ぬのはいやであった。

「おのれは舎人の分際で、連たる者を殺そうとするのか。公(おおや)けの罪のおそろしさを知れ」

とおどしたが、相手はせせら笑った。

「皇子を、しかもおふた方も呪い奉る罪と、いずれが重いか。おれはうぬの恥を知らぬ心と腹黒さが、がまんならんのだ。せめては、いさぎよく死ね！」

赤檮はおどりかかった。生きたい心は、勝海に死力をふりしぼらせた。飛びのいたが、足もとがよろめいて、水田に落ちた。泥が足をすくった。水と泥とをはねちらして起上り、なお逃げようとしたが、また横倒しになった。顔から手足の末まで、泥に染まり、それに血がまじって、すさまじい形相になった。

さすがに、赤檮もあきれて見ていたが、やがて相手が動けなくなったと見ると、田に入り、相手の不意打ちを用心しながら近づいた。もう抵抗する力はない。とどめをさした上で、首をはねた。

この知らせは、すぐ阿都の守屋のもとにとどいた。守屋は歯がみしていきどおった。運命の日がちぢまるのが、ひしひしと感ぜられた。勝海の運命はやがて自分の運命である。この上は一戦に運命を賭けるよりほかはないと思った。

数日の後、もう五月に入っていた。一族の物部八坂ほか二名を使者として、馬子のもとに送った。

「われらは、大臣をはじめ諸豪族らがわれらにたいして不穏な企てをめぐらしているとの由を聞いて、世の乱れになることを恐れて、当地に退いたのであるが、中臣ノ連にはそのおもんばかりがなかったために、非業の最期をとげた。

もはや、大臣の心底は見えた。この国の伝統を守り通そうとする者をほろぼし、この国を化して異国としようとの意図であることは明らかである。しかし、われらはむざむざと討たれはしない。旗鼓の間に相見えて、祖神饒速日命より伝承する弓矢の道を示すことは、最も望むところである。願わくは、日と所とを示されたい」

というのが、その口上であった。

馬子はおどろいたような顔になり、手を振って、ぼそぼそと言った。

「中臣の連のことは、深い子細がありましてな」

八坂はきっとなった。

「深い子細とは？　伺いましょう」

馬子はまた手を振った。

「それを申せば、ことが長くなる。ただ、わたしには何の責任もないことです。わたしは全然知らなかった。これははっきりと申し上げておきます。そんなわけで、大連がわたしに立腹して、唯今のようなことを申して来られるのは、迷惑しごくなことです」

「それでは、この挑戦は受けられないと仰せられるのでありますか」

「受けては、世の乱れになります。わたしの職分上、済まぬことになる。大連とて、それは同じであると思いますがな。しかし、ま、正式の返答は、後に使いを立てて申し上げます。今日のところは、このままお引取り願います」

八坂らはあきれ、軽蔑の色を浮かべて、帰って行った。

守屋は八坂らの報告を聞いて、大いに軽蔑もしたが、見事にかわされたと思って、失望した。

ともかくも使いを待つことにしたが、なかなか来ない。いら立った。この上はこちらから押し出して行こうと思って、様子をさぐらせてみると、馬子方は大へんな勢いとなっている。皇族、豪族のほとんど全部を味方に引入れている。穴穂部皇子まであやしくなっている。

穴穂部はその異母弟である宅部皇子をさそってこちらと事を共にする約束だったのに、この頃ではこちらから申し送ることにろくに返事もしない。馬子に懐柔されたと見るよりほかはないようである。

形勢がこうである以上、ここを離れて大和に入るのは、猛火に飛び入る夏の夜の虫のふるまいだ。といって、居すくんでいては、敵の勢いは益々増大しよう。進むも難、守るも難だ。なやみ、またなやんだ。

ともあれ、出来るだけ兵を集めるべきであると思って、自分の部曲全部に命じて、壮強な男子を集めた。

五月はこのままに過ぎた。

六月七日の夜、炊屋姫皇太后の命令で、佐伯ノ連丹経手、土師ノ連磐村、的ノ臣真噛の三人が、皇太后の御所である海石榴市ノ宮に呼ばれた。皇太后臨席の前で、馬子は言った。

「唯今は農事に多忙な季節であるのに、不穏なうわさしきりであるので、百姓共もしごとが手につかぬ有様で、このままでは秋の収穫も心許ない。また先帝の葬送も出来ない。新しいみかど定めも出来ない。まことにこまったことである。

これについて、大后は、この不穏のもとはひとえに穴穂部ノ皇子の姦しい逆意にある、この皇子の逆意は歴々として人々の皆知るところである、ふびんながら除くよりほかはないと仰せられる。その役をそなたらに仰せつけられる。直ちに行って、失いまつれ」

穴穂部が先々帝の殯宮で不敬なことをしたり、放言したり、三輪ノ逆を殺したりしたことは、三人とも知っている。物部ノ大連と結託して、皇位を狙っているらしいことも推察している。しかし、仮にも皇子だ。殺すというのはあまりなことだ。いのちはお助けして遠国にお移し申すくらいな処量が望ましいと、三人には思われた。果して、太后がそんな峻刻なことを仰せ出されたのであろうかと疑って、正面の太后の方をうかがった。

太后は背筋をしゃんと立て、正面に顔を向けたまま、身動き一つなさらない。御前の左右にともっている灯台に照らされて、端正で、ゆたかで、雪白で、神々しいほどの美しさである。目はつぶっておいでであったが、ふと見ひらかれると、切れ長な眼裂の中のひとみで、端の方から次々に三人をごらんになった。見られるにつれて、三人は平伏し、同音に、

「かしこまりました」

と言った。

三人は一旦帰宅して、それぞれに兵をひきいて、穴穂部の御所近くに集結した。七日の月は少し前にもう沈んで、真の暗夜になっていた。その暗い中を、ひたひたと御所に忍びより、すっかり包囲してから、門をたたいた。

「海石榴市ノ宮から、皇子につかわされた使者だ。門を開けられよ」

門番はおどろいて少し門をあけた。その門をこじあけるようにして、三人は門内に入った。武

装している上に、こんな乱暴なことをしたので、門番はおどろき怒って、とがめようとしたが、三人はその胸もとに刀をつきつけた。

「皇子はいずれにお出でだ」

門番はふるえながら、抗議する。

「おことらは何者だ？　皇子に何の用事だ？」

「太后の仰せをうけたまわって来たのだ。皇子はいずれにおわすのだ。言え！」

白く光る鋭い切ッ先を、ピクピクとうごかした。

門番はふるえる指を、母屋（おもや）の高殿（二階）にむけた。

「いつわりを申すと殺すぞ」

うなずく。

三人は門外から兵士らを呼んで、しばらく窮命させておけと言って門番を渡し、母屋にふみこみ、階上にむかった。

穴穂部は酔って、女を抱いて寝ていた。薄いともし火が枕許にあって、穴穂部の油の浮いた顔と女の白い顔とを照らし、裾（すそ）の方においた壺（つぼ）から蚊（か）やりの煙が薄く立ちのぼっていた。むし暑いのであろう、穴穂部は夜のものを蹴やって、長い毛がもじゃもじゃと密生している脚を、太股（ふともも）のあたりまで出して寝ている。

三人は先（ま）ず枕許の灯台をとり上げ、へやの隅（すみ）においた。けはいに女が目をさました。そのきゃしゃなのどに、一人が刀をつきつけて言った。

「さわぐな。そっと起きてはなれよ」

女は青ざめ、ふるえながら、言われた通りにした。

佐伯丹経手は穴穂部ののどに剣をつきつけ、

「皇子！」

とさけび、同時に切ッ先をしずめた。

その以前から、穴穂部の眠りは浅くなりつつあって、叫ばれて目をさました時には、危険を知っていた。

「あっ！」

とさけぶと、ころがりながら逃げた。そのために、狙いすました切ッ先ははずれて、穴穂部の肩を切り裂いた。

「狼藉！　何者だ！」

穴穂部は絶叫してはねおき、逃げようとした。三人は狼狽（ろうばい）し、三方から襲いかかった。穴穂部は一人をはねとばして室外におどり出した。三人はまた襲った。

「くせ者だ！　者共、出合え！」

必死にさけびながら、穴穂部は廻（まわ）り廊を逃げたが、ついにらんかんをはねこえて、下に飛んだ。穴穂部は階上から飛びおりると、すばやくわきの小屋にはいこみ、戸をしめた。肩の傷をおさえてうずくまった。

階上の三人は階段を走りおりて来たが、穴穂部が見つからないので、兵士らを呼んで、

「遠くへ行かれるはずはない。近くのどこかへひそんでおられるに相違ない。さがせ！」

と命じた。

たいまつをつけてさがし、忽ち発見して、引きずり出して殺した。

翌日、宅部皇子も殺された。穴穂部となかがよく、陰謀なかまであるという理由でだ。

ちょうどこの頃、百済の朝貢使が来朝したところ、善信尼（司馬達等の娘）は、蘇我馬子に、

「仏法修行のために百済に留学したいから、あの人々の帰国の際同道して行きたい」

と願い出た。日本最初の尼——いや、僧尼を通じて最初の仏法者である尼は、わからないことだらけで、こまっていたに相違ない。

「もっともである。よう思い立った」

馬子は朝貢使らに、帰国の際連れて行ってくれるようにと頼んだ。朝貢使らは、

「まことに殊勝なことでありますが、わたくし共が帰国して国王に申しまして、よろずの支度がととのいましてから、お迎えすることにいたしたいと思いますが、いかがでございましょう」

と答えた。

その通りにすることになり、この翌年また朝貢使が来たのに連れられて百済に行き、二年ほど滞在して帰国している。日本最初の留学尼である。この後も尼で留学に行ったものはないから、唯一の人でもある。

月がかわって七月。

馬子は皇族、豪族らに、物部守屋を征伐することを提議した。

今は守屋は共通の敵であり、秩序の破壊者である。皆同意して、軍勢をくり出す。この時代は天皇家私有の兵はあっても、朝廷に所属する特別な軍隊はないのであるから、皆がそれぞれの私兵をひきいて来たのである。

「日本書紀」は、その人々の名を列記している。泊瀬部(はつせべ)皇子、竹田皇子、厩戸皇子、難波(なにわ)皇子、春日皇子、馬子、紀男麻呂(きのおまろ)、巨勢比良夫(こせのひらぶ)、膳加施夫(かしわでのかせふ)、葛城烏那羅(かつらぎのおなら)、大伴嚙(くい)、阿部人(あべのひと)、平群神手(へぐりのかんで)、坂本糠手(ぬかで)、春日某。

軍勢は二手にわかれて進んだ。本軍がどの道をとったか、諸書明記していないが、地図を案ずるに、龍田越えして、今の八尾市の東北端楽音寺(がくおんじ)あたりへ出たと推察される。別軍は志紀郡(今の藤井寺・道明寺へん)に出たというから、大和川沿いの道をとったのであろう。

守屋は、一族と召集した部民とを部署して、別荘から周辺一帯の要所要所に稲城(いなき)を築いて待ちかまえた。全軍黒い衣(きぬ)を着ていたと書紀にある。

稲城という名称は、日本の古代史によく出て来るが、構造はよくわからない。一説では塁(とりで)を急造する場合、稲を刈取ってうず高く積み重ねたのだろうと言い、また一説では唐書の日本伝に、日本には都市の周囲には城郭がないので、事ある場合には木をつらねて柵(さく)として防禦(ぼうぎょ)する、だから城(き)と木とは同訓なのだとあるから、稲城も木柵と関係があるらしいが、よくわからないと言っている。

この時代には、稲を刈るには穂だけ摘(つ)んで、現代のような刈り方はしなかった。貯蔵するにも、籾(もみ)にしたり、脱穀したりはせず、穂のまま収めていた。だから、木でわくをつくり、その中に貯蔵してある稲穂やとっさに刈取った稲穂をみたして、それを防塁としたのではなかったかと思う。当時は矢戦さだから、稲を厚くおけば十分に矢を防げたはずである。

物部勢はこの稲城の陰や物陰に待ちかまえた。家に満ち、野に溢(あふ)れたと書紀にある。全力を挙げた、非常な大軍であったのだ。

いよいよ寄せ手が近づくと、矢戦さがはじまった。守屋は衣摺(きずり)（今布施市の西南隅にこの地名がある）というところの大榎木(おおえのき)の上に待ちかまえていて、こぶし下りに矢を射放った。強弓にして精妙な射手(しゃしゅ)だ。その部下も、神代以来の武勇の家のものだ。皆おそろしく強い。皇族軍も、豪族軍も、射白(いしら)まされ、おびえ立って退却した。

寄せ手は三度までおし返された。すさまじい物部方の勢いだ。これで物部方が積極的に出て来るなら、寄せ手はしどろになってくずれ立つに相違ないと思われた。

厩戸皇子はこの時十四歳だ。本陣にあって、馬子とならんで、冑(かぶと)の眉庇(まびさし)の下の匂(にお)うように美しい顔を緊張させ、澄んだ目でこの様子を凝視していたが、ふとその目をそらすと、三四間向うに藪(やぶ)があり、その藪に青々とした葉を一きわ濃く茂らせている一もとの樹木があるのが、目を引いた。白膠木(ぬるで)である。この樹は仏道の祈禱(きとう)や修法(ずほう)で焚く護摩(ごま)の燃料に使われる。すべて護摩の燃料には乳木(にゅうぼく)とて、切口から白い樹液の出るものを使うのである。また、この樹には勝軍木という異名もある。

これらのことが、一時にちかちかと厩戸の胸にひらめいた。側にいる秦河勝にささやいて、その樹を伐り取らせて来ると、小刀で長さ一寸ほどに切り、その四面に手早く人の形四つを彫みつけた。

「何を遊ばしているのでございますか」

と、馬子がたずねた。

「四天王のつもりだよ。仏力の加護を仰がなければ、この勢いはめぐらせない」

四天王は須弥山の四面の半腹にいて、仏法を守護すると伝えられているので、厩戸は木を須弥山に見立て、その四面に人の形をきざんで四天王としたわけである。

厩戸は冑をぬぎ、髪を解きはなち、彫み上げた小さな像を結いこめ、その髪を頭のてっぺんにわがねて、冑をかぶった。

この時代、十五六歳の少年の髪形は「ひさご花」とて、わがねてひたいに結んだもので、十七八になると、「みずら」とて、二つにわけ、左右の耳のところに結ったのである。厩戸はそのひさご花を解いて、木像をこめて頭上に結い直したのである。

こうしておいて、大音声に呼ばわった。

「味方の諸人、よくうけたまわれ。まろは今仏法守護の持国天、増長天、広目天、多聞天の四天王に味方の勝利を祈る。――仰ぎ願わくは、須弥大山の半腹に鎮座まします四尊天よ、今もし味方をこの仏敵に勝たしめ給うならば、必ず尊天達のために寺塔を建て、長く供養しまつり、世々絶ゆることなからしめるでありましょう。誓願かくのごとし。護らせ給え」

と、天を仰いで合掌、祈誓した。

すると、馬子もまた合掌して、呼ばわった。

「よく聞け。わしも誓願するぞ。――一切の諸天王、大神王よ、味方を護って、この仏敵に勝たしめ給え。もし勝つものならば、諸天王と大神王とのために寺塔を建て、長く三宝をこの国に盛んならしめるでありましょう」

厩戸も馬子も、仏法にたいする厚い信仰があったことは言うまでもないが、当面のこととしては、兵士らを勇み立たせて恐怖心を圧倒するにあったのである。

うまく行った。二人のおごそかな誓願を聞いて、兵士らの気力は立ちなおった。

しかし、守屋も対抗策を講ずる。樹上にすっくと立ち上り、ひげをさか立て、

「皆、おれが天つ神、国つ神に祈るを聞け！　この国の天神地祇よ、別してはわが氏神、石上ふるのみたまよ、われらのこの軍は外国の禍神たるホトケを国の外に攘わんためのいくさであります。仰ぎ願わくは、味方に勝利あらしめ給い、科戸の風の黒雲をはらうがごとく、朝の日の薄霜をとかすがごとく、この外国神につかゆる敵共をはらい給い、ほろぼし給えといのり奉る。この祈りかなえ給わば、敵共の田どころは一代ものこるところなく寄せまつらん！」

と、高らかに拍手を打ち鳴らして祈り、さらにさけんだ。

「敵も味方もよくうけたまわれ！　ホトケはとつ国の神ぞ。とつ国のやつばらをこそ護るかも知れぬが、この国の者を護る道理はないぞ。味方はげめ！　敵は心おじ、五体すくめよ！」

守屋のこのことばは、はなはだ効果的であった。厩戸と馬子との祈誓に一旦は勇み立った寄せ

手はまたひるみ、守屋方の意気は目に見えて上って来て、

「ワーッ！」

と喊声をあげた。

最も寄せ手をなやましたのは、守屋の射術であった。大榎の大きな枝が股になっているところに腰をすえて、矢つぎばやに射放ってよこす弓勢はすさまじいかぎりであった。長大な矢の飛んで来るところ、一人として助かるものはない。楯は射たおされ、韓国産の鉄で鍛えた堅剛な冑の鉢金も、かわら（胸甲）も、泥土のように射通されて、ばたばたとたおれる。寄せ手はたじろぎ、足をすくませ、遮蔽物の陰から動くことが出来なかった。

厩戸はこれを見て、秦河勝に、迹見ノ赤檮を呼んで来るように命じ、赤檮が来ると言った。

「赤檮よ。あの榎の上の大連を討取らねば、どうにもならぬ。工夫はないか」

「やつがれも、ずっとそう思っているのですが……」

赤檮はそこを凝視して思案していたが、やがて言う。

「やれるかも知れません」

厩戸はえびらから一筋のかぶら矢をぬき出し、ひたいにおしあてて祈りをこめ、赤檮にさし出した。

「これは四天王の大神呪のこもった矢である。これでいたせ」

赤檮はひざまずいて受けて、立ち上った。

河勝がひざまずいて、厩戸に言う。

「てまえも一緒に行かせていただきとうございます」

「ゆるす。行けよ」

河勝はその姓の示すように、中国人系の帰化人秦氏の首長として、当時有名な人物で、厩戸の舎人であった。

二人は溝（みぞ）、堤、小藪（こやぶ）等の地物の陰から陰を伝って、やがて大榎の近くに忍びよった。

守屋は味方の旗色のよさに意気上り、樹上に突っ立ち上り、大音声に呼ばわった。

「われらの祈りは聞かれ、敵はひるんで見えるぞ。今一息ぞ！　皆心ふるえ！」

その姿が、先刻（さっき）から厩戸から下賜されたかぶら矢を弓につがえ、引きしぼって、すきをはかっている赤檮には、まことに射よげに見えた。赤檮は狙い定めて切ってはなった。矢は目穴に風をはらんで長鳴りしつつ飛んで行き、吸いこまれるように守屋の胸にあたり、胸甲をくだき、箆（の）深く胸につきささった。

あっという間もない。守屋は高い樹上から、もんどり打ってまろびおちた。

こちらから見ていた厩戸は、すかさず絶叫した。

「物部大連は射落されたぞ！　守屋は射落されたぞ！　射たりや、射たりや！」

こんな場合は、一刻も早くこうして敵味方に知らせるのが、戦術である。味方は気力が出、敵は気力を失うのである。

ワーッと敵味方ともさけんだ時、かくれ場所から飛び出した河勝は、守屋に駆けよって、守屋の首をかき切り、剣の先につらぬき、高々と上げてさけんだ。

「物部大連は、迹見赤檮が射落し、みしるしは秦河勝があげたぞ！　もろ人、これを見よや、大連のみしるしぞ！」

戦さはそれまでであった。それまで諸所の稲城の陰にあって、一歩も退かずに戦っていた物部方は、どっとくずれ立った。それでも、守屋の子供らや一族はふみとどまったが、忽ちとりこめられて、ほとんど全部討取られた。

この間に、物部方の兵らにたいする追撃が行われた。兵らにはもう戦う気力はない。黒い衣を着た兵らがちりぢりになって、稲田や草原を馬を飛ばして逃げる有様は、狩場の野獣のようであったと、日本書紀は表現している。

守屋の子供らと一族の者には、どうやら生きのこったものもあったが、その者共は物部氏の領地の一つである芦原（所在不明）に逃げこんで、身分をかくし名前もかえるもあり、行くえ不明になるもありして、大和豪族のうちでは最も古い家として連綿とつづき、この数十年の間は蘇我氏とならんでとくに最も栄えた物部氏は、ここに亡んだのである。時に五八七年七月。

殺し屋・東漢ノ駒

阿都の戦いで、物部氏は大敗してほろんだわけだが、由緒ある大族だけに、諸所の部曲では義を守って抵抗する者が少くなかった。鳥取部（今の柏原市高井田の辺）の首長万の忠節やその飼犬の忠節美談なども、この際におこったことである。

万は部民百人をひきいて、物部氏の難波の邸を守っていたが、阿都の敗戦を聞くと、部民らを解散し、夜陰にまぎれて南行し、茅渟の県有真香邑（今の岸和田市と貝塚市の境に近い山寄りの地域あたり）の妻の家に立寄った後、山中にかくれた。

万は武勇抜群である上に忠誠の念の厚い者であるので、朝廷では危険とし、族滅することに決定し、兵数百をつかわして山狩りして、万を見つけた。万は弓矢をもち、剣をたずさえているが、山中にあって雨露にたたかれ、食もとぼしく、衣服はぼろぼろになり、顔色やつれ切っている。

兵士らは包囲してせまった。

万は近くの竹藪に逃げこみ、縄をもって竹をつなぎ、縄じりを引いてゆりうごかしては、兵士らがあざむかれて右往左往するところを、思いもかけない方から矢を放って射たおした。射術精妙、百中した。ついに兵士らは恐れて近づかなくなった。

　万は弦をはずし、弓を手ばさんで逃走にかかった。兵らは川（津田川であろう）をはさんで追いかけながら射た。しかし、万の働きは飛鳥のようで、一矢もあたらない。

　兵の一人は一策を案じて、馬を走らせて先きまわりし、川岸の草中に身を伏せ、万の近づくのを待って射た。矢は万の膝にあたり、どうとたおれた。

「したりや！」

　兵はおどり上って駆けよる。万はたおれたまま手早く弦を張り、矢つがえしてその兵を射たおし、なお地に伏したまま、さけんだ。

「万は大君の御楯となって勇をあらわさんと、常に考えている者であるのに、志、雲上に達せず、迫られてこの有様となった。わが志を聞かんと欲するものは来たれ。願わくは誅伐の理由を聞かん！」

　兵らは万に抵抗力がなくなったと見て、さんざんに矢を放ちながら、先を争って馬を飛ばして来る。

「情を知らぬやつばらかな！」

　万は勃然として怒り、ひんぴんとして飛来する矢を飛鳥のごとく立ち働いてはらいのけ、はじめは弓で射、次には剣で戦い、三十余人をたおした。兵らは恐れてぱっと散った。

「今はこれまで！」

万は剣をもっておのれの弓を三つに切り折り、その剣をおし曲げて川に投じ、短刀をもってみずからの頸をさしつらぬいて死んだ。

万のことが河内の国（この頃はまだ和泉国はなく、茅渟の県といって河内国に所属していた）から報告されると、朝廷では、

「空恐ろしい大罪悪の徒である。死体を八つに切りはなし、八か国に分けてさらせよ」

と、さしずした。

河内国ではこれに従うことにしたが、ちょうど死体を切りわけている時、雷鳴とどろき、大雨した。その大雷大雨の中を、万の飼っていた白い犬が、天を仰いで吠え、地に俯して吠え、狂ったように死体処理の場を駆けまわっていたが、とつぜん、万の首をくわえて走り出し、古塚のほとりまで行くと、そこを掘ってうずめ、その上に臥したまま動かず、食べものをあたえても食わず、ついに餓死した。

河内国ではこれを奇として報告したところ、朝廷では感動して、

「世にめずらしい忠犬である。後世の人の手本にもなるべきものだ。万が一族どもを助命して、犬の墓を営ませるがよい」

とさしずを下した。万の一族はこの忠犬のために族滅をまぬかれ、万の墓と犬の墓とを有真香邑に営んで、厚く葬ったという。

忠犬の話はまだある。

河内国古市郡（今羽曳野市内に古市がある）の餌香川（衛我川）の川原でも、物部氏側の者数

百人が斬られ、死骸はそのまま打捨てられた。やがて許しが出て縁故ある者らがそれぞれに引取って葬ることになったが、その頃には全部腐爛して、見分けがつかなくなっていた。

人々は衣類によって見当をつけて引取ったが、ここに桜井（枚岡市の南端池島のあたりかという）における物部氏の田部の首長であった胆渟という者の遺骸は、その飼犬が側に臥して番をし、一族の者が来て取りおさめるまで、人を近づけなかったという。

こんな風に、物部氏の一族はもちろん、部民でも目ぼしい者は容赦なく屠り去ったのだが、それでも生きのこる者がおり、後世奈良朝の頃になると、弓削道鏡など物部氏の子孫として歴史の舞台に登場して来るのである。

ともあれ、大和政権の大危機であった大乱は平いだ。

厩戸皇子は戦さのさなかに立てた誓願をはたすために、摂津に四天王寺を建てることにした。「太子伝暦」に玉造の岸上に建てたとあるが、当時の玉造は海や大河や入江に三面をかこまれた台地であったのである。今の場所には推古元年に移した。

この時、蘇我馬子は物部氏の奴隷と田荘とを両分して、一半を四天王寺に寄進し、一半は彼の妻が守屋の妹であるので、相続権があると言い立てて自家のものとした。

「太子伝暦」によると、四天王寺に寄進された奴隷が二百七十三人、田地が十八万六千八百九十代（一代は高麗尺の約五坪、現尺では七坪余、二十四㎡くらい）、住宅が三カ所である。物部氏の全財産はこの二倍あったわけだ。当時の大臣家、大連家の富の程度がわかるが、後世の大名にくらべれば大したことはない。

この時、迹見赤檮（とみいちい）にも、物部氏の遺産から割（さ）いて、一万代をあたえて功を賞した。

馬子が物部氏の財産を半分取ったので、当時の人々は、

「蘇我ノ大臣の奥方は物部ノ大連の妹君じゃ。大方、大臣は奥方のすすめで、財産ほしさに大連を殺しなさったのじゃろう」

と批評したという。両氏の争いのもとがこんな浅薄なものではなかったことは、ずっと読んで来た読者諸君にはわかっているはずであるが、世間大方の者は自分の心に合せた判断しかしないこと、いつの時代もかわりはない。

馬子もまた、戦争中の誓願をはたすために、飛鳥（あすか）に法興寺を建てた。

用明（ようめい）天皇の大葬のあったのは七月二十一日、次の天皇が定まったのは八月二日であった。馬子は炊屋姫（かしぎやひめ）皇太后を説いて、先々帝敏達（びだつ）の皇子泊瀬若雀（はつせのわかすずめ）を立てた。

この方は馬子の妹小姉君（おあねぎみ）の所生であるから、殺された穴穂部（あなほべ）の同母弟である。厩戸皇子の母君間人（はしひと）皇女の同母兄弟でもある。後に崇峻（すしゅん）天皇とおくり名する方。

物部氏なき後は、権臣は馬子だけであり、全皇族中最も尊貴な地位にある炊屋姫皇太后も、みかども、ともに蘇我氏の所生だ。大和政権は馬子の一人天下となった。

崇峻は英邁（えいまい）な資質の方であったようである。即位の翌々年には、東山（とうざん）、東海、北陸の三道にそれぞれ人をつかわして蝦夷（えぞ）の動静を視察させ、その翌々年には大将軍三人を任命して、二万余の兵を九州に集めて待機させた。韓半島に出兵しようとしたのである。

ここで日本と韓半島の関係を略述する必要があるようだ。この両者の関係はずいぶん古い。三

世紀の後半に出来た「魏志倭人伝（ぎしわじんでん）」の記述を信ずれば、倭国の北限は半島にある。近頃の朝鮮の史学者の中には、日本人は朝鮮から日本列島に渡ったものであると言っている人があるが、日本でも、大陸の騎馬民族が朝鮮半島を経由して日本に入って来たのが、日本の原住民を征服して、やがて日本国家となる組織をつくったという説を出している人もある。古くは、「辞林」の著者故金沢庄三郎博士は、言語学上から日韓同祖説をとなえている。

　このように、日本と朝鮮とは、ごく古い時代から深い関係があったのだが、四世紀後半になって、宗主国、属国の関係が生じた。

　この時代、百済（くだら）はしきりに新羅（しらぎ）から侵略されるので、日本に使いを立てて援助を乞（こ）うた。日本は承諾して出兵し、新羅を破り、百済と新羅とを服属させ、半島南端の釜山（ふざん）を中心とする付近一帯の任那（みまな）地方を朝廷の屯倉（みやけ）（直轄領）として、日本府をおいた。総督府である。多分この地方は民族的にも日本人と同種だったのだろう。

　日本の三韓統治の方式は、任那地方は直接支配、百済と新羅はそれぞれ一つの国家と認めて、百済王と新羅王とに貢調（こうちょう）の義務をもたせる間接支配であった。

　この時の日本の朝鮮出兵が、神功（じんぐう）皇后の新羅征伐と、「日本書紀」に伝えられるものであろう。神功皇后という人が実在したかどうか、最近の史学者は多く否定的だが、書紀に伝える神功皇后の新羅征伐から百六七十年後に、日本が朝鮮に出兵し、中部以南の朝鮮を支配するようになったことは、向うにもたしかな史料があって、確実なことである。

　百済と新羅の両国のうち、百済は終始親和的で従順であったが、新羅は間もなく不従順になった。その国内統一が急速に進んで、国勢が強くなり、しぜん他国に服属していることを厭うようになったのである。

さらにしばらくすると、満州地方から南下して半島北部に国を建てた高句麗が強大になって、しきりに南方をおびやかしはじめた。

新羅は日本海側、百済は黄海側に所在しているから、両国共にこの北方からの脅威を受けるわけであるが、新羅は国力強勢になっているだけに、北に失うところをどこかで補おうとする。南方の任那は日本の直轄領だから迂闊にはかかれない。西の百済を侵略しはじめた。

形勢がこうなったので、日本はしばしば出兵して、あるいは百済を助けて新羅と戦い、あるいは新羅を助けて高句麗と戦った。

その間には現地に派遣されている将軍が祖国に叛いて自立しようとしたり、大和政権内の大豪族が賄賂を受けて国策をあやまったり、北九州の大豪族磐井が高句麗と通じて叛乱したり、さまざまなことがあって、欽明天皇の二十三年（五六二）、新羅のために任那も侵略され、日本府が破壊された。百済も、どうにか存続はしていたが、国勢が大いに衰えていた。

こんな次第で、朝鮮の問題は大和政権の懸案で、欽明天皇も、敏達天皇も、このことについて遺言されているほどである。崇峻天皇はこれを解決するために、軍勢を九州にくり出して待機させられたのである。

蝦夷の動静探索といい、このことといい、崇峻のなさることが軍事面にかぎられているのは、政治は蘇我馬子が一手にさばいて、手出しが出来なかったのであろう。

ともあれ、凡庸な君主の考えることではない。相当英邁な資質の方であったようである。それだけに、馬子が権勢をほしいままにして、自分にたいして圧迫的であるのがお気に召さない。

その上、崇峻は馬子に殺された穴穂部皇子の同母弟である。当時は父は同じでも母が違えば、生れ育つ場所も別で、従ってそのよそよそしいことは赤の他人同様であった。異母兄妹なら結婚しても不倫とされなかったのだから、実際にも他人だったのである。しかし、同母の兄弟は同じ家で育って、現代の兄弟同様に、まことになかがよかった。崇峻は馬子を兄のかたきとして、大いにうらんでおられたのである。

このうらみと、日毎にひしひしと感ぜられる馬子の圧迫とは、崇峻をしだいにがまん出来ない気持に駆り立てて行った。愚鈍な人間なら感じないですむであろうし、達観している人間なら憤りの時機でないことがわかったであろうが、崇峻はまだ若くて気鋭である。一々鋭く感受された。こうなると、自分を擁立してくれたことにたいする感謝もなくなる。馬子をごらんになる目はけわしさを加えて行った。

こんな話がある。

ある時、崇峻は側に人がなく、厩戸皇子と対坐中、こういわれた。

「蘇我ノ大臣は仏の篤信者として、いつも慈悲深げなことを言っているが、あれは見せかけだけで、本心は私利私欲以外はないのだ。まろにたいしても忠誠心などはさらにない。まろは時々がまんならない気持になることがある」

厩戸はやっと初冠（元服）して髪をみずらに直したばかりの頃であったが、聡明な人なので、

馬子の人がらも、崇峻の気持も、よくわかっている。声をひそめて、

「仰せの通りの人物ではありますが、そのさかんな権勢は急にはどうにも出来ません。今のみかどとしては、仏法の教えに従って、忍辱（にんにく）の徳を体せられ、隠忍自重、慈悲の徳をお積み遊ばされますように」

と諫（いさ）めたという。これは「太子伝暦」にある話である。

崇峻の五年冬十月。

大和平野のとり入れがすんだ頃、崇峻は天皇家の部曲の民から壮強な者を多数集めて、泊瀬山（はつせ）（今の長谷寺（はせでら）のあるあたり）に狩りに出かけられたが、猟（りょう）がなかったので不機嫌（ふきげん）でおられると、お帰り近くになって、一頭のすばらしく大きな猪（いのしし）があらわれた。

「やれ出た！」

崇峻は弓を取直して射られた。矢はみごとに首筋にあたり、矢竹の半ばまでつきささったが、急所をはずれていたのだろう、そのまま駆け去る。

「追え！　のがすな！」

崇峻はさけび、馬に飛びのって追われる。

人も、馬も、犬も、叫んだり、吠えたりして、一斉（いっせい）に追いかけた。

しかし、猪は岩石を落すように斜面をはせ下り、谷底の繁みに入り、あとはどうさがしても見つからない。

日が暮れかかって来たので、心をのこして帰途につかれたが、ごきげんは益々（ますます）悪い。

崇峻の宮殿は倉梯（くらはし）の紫垣宮（しがきのみや）といって、現在の桜井市倉梯の金福寺というのがその遺跡であるというが、そこの近くまで来られた時、泊瀬の里人らが、猪をかついで追いかけて来た。天皇が矢をおつけになった猪が逃げてわからなくなり、ごきげんうるわしからずお帰りになったと聞いて、里中総出でさがしたところ、猪は一山こえたところの谷でたおれていたので、こうして持参したというのである。

お供の舎人（とねり）のとりつぎで聞かれた天皇は、およろこび一方（ひとかた）でない。

「よくぞいたした」

と、厚く褒美（ほうび）をたまわってお帰しになり、至って上機嫌になって、皇居に入られた。

皇居には厩戸皇子をはじめとしての二三人の皇族や、数人の豪族、舎人などがいる。崇峻はその人々に今日の狩猟の話をされた。興奮して、生き生きとしたお話しぶりであった。

やがて、猪を見せるために、その人々を連れて調理場に向われた。

調理場では、数人の膳夫（かしわで）が猪をごしごしと洗い、毛焼きし、膳夫の長（おさ）が大きな庖丁（ほうちょう）をおろそうとしているところであった。

ものすごい大猪だ。鼻先から尾まで五尺余もあろう。灯影に照らされて白く光る牙（きば）が、とぎすました鎌（かま）のようで、すさまじかった。

膳夫の長は、思いもかけず天皇が入って来られたので、庖丁をひかえ、片ひざをついてかしこまった。

崇峻は人々にまた説明した後、

「さあ、はじめよ」

と、膳夫の長をうながされた。

長は一礼して立ち上り、先ず首をおとした。巨大なその首が胴をはなれ、血だらけになって、濡れた敷石にころがるのを見て、ふと崇峻の口からもれたことばがあった。

「いつこのように、まろが憎いと思う者の首を落すことが出来ようか」

と、そのことばは聞かれた。居合せた人々ははっとした。人々は、崇峻の「まろが憎いと思う者」が誰のことであるか、わかったのである。

まだ少年といってよいほどの厩戸皇子であるが、これはもみ消しておかなければ大へんなことになると思って、崇峻に言った。

「このような大猪はめったに獲れるものではございません。御祝宴を催されて、せめてここに居合すわたくし共だけにでも、賞味させていただきとうございます」

崇峻もつい口をすべらせて、内心の秘を見せてしまったことを後悔しておられる。

「よかろう」

とうなずかれた。

小ぢんまりした酒宴がひらかれた。席上、厩戸は崇峻にすすめて人々にものをあたえさせ、みかどの今日仰せられたことは決して他に漏らさないようにと言った。

忠誠心の厚い人々だけの席でも、口は慎しまなければならないものである。まして、この時居合せた者の中には、馬子の権勢を恐れて、出来るだけ馬子に近づこうと考えている者もある。厩戸の配慮のかいもなく、馬子の知るところとなった。

「それはそれは。しかし、みかどのお憎しみのかかっているのがわしであるとは、わしには考えられません。恐れ多い申し条ながら、わしはみかどの伯父であります。また、みかどがみ位にそなわり給うにあたっては、微力ながらずいぶん働いています。

そのわしがみかどのお気先にもとっているとは、とうてい考えられないことです。誰か余人でありましょう。わしはそう思いますぞ。お心づけの段は、感謝しますがな。ハハ」

馬子は微笑まで浮かべて、至って冷静であった。相手が帰って行ってひとりになっても、その表情はかわらなかった。ただ薄いあごひげをいじっている指先がこまかくふるえていた。ひげをいじり、目をすえて窓外を凝視しながら、今聞いたことをいくども胸のうちでくりかえし、考えつづけた。

彼には崇峻がなぜそんなに自分をにくんでいるのか、わからない。普通ならば、崇峻は穴穂部皇子の弟というだけでも、皇位につくことの出来る人ではない。実際、豪族らの中にも有力な反対があり、炊屋姫皇太后も難色を示された。それらの反対者を根気よく説得して即位の運びにしたのは、馬子であったのだ。

馬子は必ずしも崇峻に好意をもっているわけではないが、穴穂部皇子を殺したことは何としても世の物議をまぬかれないところなので、これは公けのためにしたやむなき処置で、私のうらみのためではなかったことを、行動の上で示す必要があると判断したのだ。

（こうしてやれば、何としても血のつづいた甥だ。自分に恩義を感じて、うらみを忘れ、自分の

ためにもなるみかどとなるであろう）

という打算もまたあった。

しかし、見込みは全部はずれてしまった。

（ともかくも、おれのお蔭でみかどになれたのじゃに、人の心ほどはかられないものはない。おれをそうまで憎んでいようとは！）

細い目の底に、はじめて暗い光が点じて、思案しつづけた。

立上って庭に出た。草履を引きずりながら、建物の間をぬけて、邸の隅の木立に入った。紅葉した木々は、午後の日をすかして、美しい色を見せていたが、まるでそれに気づかない。ゆっくりとした足どりで、同じところを行ったり来たりしていたが、やがて木立を出て、ぽんぽんと手をたたいた。

澄み切った空にその音が上り、あたりにひろがると、向うの建物の曲角から一人の男が出て来て、小走りに近づいて来た。地べたに両手をついてうずくまった。

「漢ノ駒を呼んで来てくれんか。他出しているようであったら、そとへ行って連れて来るように」

「かしこまりました」

下部男は答えて、急ぎ足に立去った。

馬子はなお木立の中にとどまっていたが、ふとどこからか琴の音が聞えて来た。馬子はそれが娘の河上郎女の手すさびであることを知っている。庭伝いにその方へ行ってみた。

河上郎女は韓渡りの美しい絹で韓様に仕立てた衣を着て、余念もなく琴をひいていたが、窓をかげらせて立った人影に、おどろいて手をやすめ、こちらを見た。

「つづけなさい。お父さまはいい気持で聞いていた」

しかし、郎女はもう弾こうとはせず、すらりと立って窓べに来た。

「なぜつづけないのだ」

「人が聞いているとわかっては、もうひけません」

「すべて楽器は人に聞かせるために奏でるのではないか」

「いいえ、自分の楽しみのために奏でるのです」

といって、空を見上げて、

「いい天気ですこと！　こんな日には家の中になぞいるものではありませんねえ。あたしも庭に出て、お父さまと一緒に歩きましょう。待っていてね」

言ったかと思うと、身をかえして部屋の入口の方に行く。薄暗い中に蝶が舞っているような美しさであった。

待つ間もなく、郎女は庭に出て来た。午後の明るい日ざしの中を近づいて来るその姿は、裳裾の長い韓様の衣が似合って、わが娘ながら美しかった。

郎女は今年十六だが、人の生長の早かった時代である。現代なら二十二三の娘を想像しなければぴったりしない。すらりとしたからだつきと、瓜実なりの端正な顔立ちをしている。ひたいは雪のように白く、頬には血の色が匂っている。

「お父さま。お池の方にお出でになりませんか？　この頃カワセミが池の魚を狙ってしようがないと、しもべ共が申していますの」

と言って、さっさとそちらへ歩き出した。薄紅の長い裳裾がしなしなとさざ波立って遠ざかって行く。馬子は少しおくれてついて行きながら、郎女のしなやかで長い首筋が日に照らされて真白であるのを見た。それは成熟の色である。ふと問いかけた。

「そなた、いくつであったかの」

郎女はふり返った。

「十六です。どうして、とつぜんそんなことをお聞きになりますの」

笑っている。紅い唇が花のようで、よくそろっている歯が真白であった。

「なんでもない。ふとそう思ったのでな」

郎女は向うを向いて歩き出す。

馬子は歩きながら思う。この子はもう縁づけなければならないが、誰に縁づけようと。あたり前なら天皇に奉るべきだが、天皇があんな心であるとすれば、それは出来ない。しかし、豪族共は婿としては不足である。どうしても皇子達にしたいが、誰が適当であろう。似合いな年頃の人々を一人一人胸のうちで吟味した。

馬子にとっては、娘は財宝である。むざむざと使いつぶすべきではない。将来の家の栄えを買いとる代にしなければならないと思っている。

（やはり、厩戸にするか）

と考えた。

厩戸は今年十九のはずである。先帝用明と皇后間人との間の長子として生れているから、血統は最も高貴である。直接には蘇我氏の血は受けていないが、父帝用明は馬子の妹堅塩媛の所生であり、母后間人も馬子の妹小姉君の所生であるから、間接的には最も濃厚に蘇我氏の血を受けている。

皇位に最も近いところにおり、血縁的にも近いので、馬子はすでに娘の刀自古郎女を妃として奉っているが、もう一人奉っても悪くはないと思うのであった。

馬子は厩戸が気に入っている。賢いし、温和な人がらで、奴隷にたいしてすら荒いことば一つかけない。篤く仏道を信じて、大陸の文化を尊重している。

わけて奇特なのは、みずから大陸の学問を学んでいることだ。今ではその道の帰化人共の誰よりも達者に向うの本を読み、向うの文章を書くと、帰化人共がおどろいている。

（厩戸にきめた。懇親の上にも懇親を結んでおくべき皇子だ）

と、思うのであった。

この際、馬子が厩戸を自家のためになる人物としか考えなかったのは、思慮周密な彼としては不思議だったと言えないことはない。

物部氏なき今では、大和政権の担当者は天皇家と蘇我氏だけである。天皇家が強大になりすぎることは、蘇我氏にとっては利益ではない。厩戸の賢明をもってすれば、そうなる危険があると考えそうなものであるのに、馬子はそこまでは考えないのである。これは、つまりは厩戸の魅力であったろう。人の心に敬愛心を呼びおこすものがそなわっていたのであろう。

馬子は前を行く河上郎女が厩戸によりそっている姿を想像して、「似合の夫婦である」と、自分の思いつきに満足した。

やがて池についた。

この池は去年造らせたものである。岸に大岩巨石をおもしろく配し、飛鳥川の水を引いてたたえ、池には島をきずいて樹木を植えこみ、なかなかの風致である。すべて帰化人らの指導で、韓様の造庭法によった。歴史の伝えるところでは、これは日本における最初の造り庭である。当時の人にはよほどにめずらしいものに見えたのであろう、馬子のことを「島の大臣」といったと、歴史は伝える。この邸宅のあとは、現在の桜井市島ノ庄にある。

池は岸から少し離れたところは青い水を深くたたえているが、岸近くは浅く、底のいさごが透けて見える。

「来ていますよ、あそこに」

郎女が白い手で指すかなたに、一筋の群青色の光線を引くように飛んで、中の島の樹木の中にかくれたものがある。

「飛んだでしょう。あそこの岸の岩の上にいたのです」

と言った。

「韓わたりの翡翠のように美しい鳥なのに、どうしてむごい殺生ばかりするのでしょう。美しいものは心も美しくあってほしいのに」

とまた言う。なげくような調子である。

いかにも世間知らずのおとめらしい言いぐさに、馬子は可愛(かわい)くなって微笑した。

「こまったものだのう。畜生のあさましさであろうよ」

「いいえ、人間だって同じです。姿形が美しいからとて、うるわしい心の人とは言えませんわ。おそろしげな顔の人でうるわしい心の人もあれば、みめよい人でおそろしい心の人もいますわ」

花のような唇をとがらせて、大発見のように言う。馬子は益々可愛くなった。

「まあ、そう言えばそうだが……」

この子はからだはおとなになったが、心はまだ子供なのだと思った。

郎女は、中の島に逃げこんだカワセミを見つけようとするのだろうか、斜めの陽を受けて赤い幹を見せている赤松の生えているそこを、熱心に凝視していたが、やがてつかつかと歩いて池をまわり、大きな樫(かし)の木の下に立った。岸から十間ほど離れて、池の方に向ってゆるやかに傾斜している位置にある木だ。一抱えもある巨(おお)きな幹をして、常緑の葉を厚くしげらせた枝を四方にのばしているので、下はこんもりと薄暗い。そこから呼ぶ。

「この池はここから眺(なが)めるのが一番美しいのです。いらっしゃいな」

声が鈴を振るようにきれいであった。

馬子が歩をうつしかけた時、先刻(さっき)の下部男が、東漢(やまとのあや)ノ駒と一緒に来るのが見えた。

漢氏は朝鮮半島を経由して日本に帰化した中国人の子孫である。紀元前二世紀半ば、半島の北半分が漢の武帝によって征服され、漢の郡県がおかれて以来、ここに移住する中国人が多かった。

四世紀になって、満州から半島の北半分にかけて高句麗が国を建て、南半分には百済と新羅、任那がおこり、中国民族には住みにくい土地となったので、海をわたって日本に来る者が多かった。その中で、楽浪郡（今の平壌地方）にいたものは前漢の高祖の子孫と称し、帯方郡（今のソウル地方）にいたものは後漢の献帝の子孫と称した。

いずれも大陸の進歩した文化を持っていたので、大和朝廷はよろこんで帰化をゆるし、氏の名を漢として、前者を河内におき、後者は大和においた。だから、前者が西漢と書いて「カワチのアヤ」、後者を東漢と書いて「ヤマトのアヤ」と訓ませることにした。

このヤマトのアヤ族の中に、蘇我氏の部民となったものがずいぶんいるが、駒は首長の一人で、直というカバネまで朝廷からもらっていた。カバネは身分の尊卑をあらわすとともに、職業をあらわし、また公けの役職に任ぜられるのもこれによって限定された。もし明治以後大正年代まであった、華族、士族、平民等の族称が、職業を示し官職をも限定するものであるなら、上代のカバネに相当しよう。

駒は年頃二十四五、大男で、大力で、威勢のよい男である。昂然たる様子で、ひたいをあげ、胸を張って、大股に歩いて来る。

馬子は居場所を動かず、待っていたが、やがて、駒の視線が自分には向けられず、樫の木蔭にいる郎女に向いていることに気づいた。主人の姫君を正視することさえ無礼であるのに、口もとには微笑さえただよっている。

と、思った。ふりかえって、郎女に言った。

「あちらに行きなさい。部民でも男は男だ。あらわに顔を見せてはならない」

郎女は微かに顔を染めて、おじぎして立去る。急に女らしいしぐさになったように思われて、不快に似たものが胸をかすめた。

駒は郎女のうしろ姿を見送りながら近づいて来る。遠慮がちな盗み見ではない。首をそちらにねじ向けて、臆面もない見方である。その顔には酔っているような表情がある。

(直くらいの身分で、主筋にあたる大臣の姫君を、何という目で見るのだ!)

馬子はエヘン、エヘンとせきばらいした。

駒ははっとしたように、こちらを見た。おびえたような顔になって、伏目がちに近づいて来て、ひざまずき、両手をついた。

「お召しによって、参上いたしました」

「おお、来たか。早かったの」

馬子はいたって愛想よく言って、下部男に退るように合図した。

下部男が十分に遠ざかるのを見てから、駒の方を向いた。何か言おうとしたが、言いにくかったのか、

「ちとめんどうなことをしてもらわなければならない。歩きながら話そう。ついて来い」

といって、池のまわりを歩きはじめた。

駒は立上って、ついて来る。一間ほどもおくれている。

「もそっと近うよれい。苦しゅうない」

駒は四尺ほどに近づいたが、それでも馬子は語らず、歩く。駒は六尺に近い大男だ。馬子を見下す形になる。巨きくて、たけだけしいくらい輝きの強い目は、不審げな色をたたえていた。

池のまわりをほぼ一周した時、ザブッと鋭い音がどこやらに立った。見ると、陽のかげってい る池の面にさざ波が立ち、その向うに自分より大きな魚をくわえて行くカワセミが飛び去りつつあった。二人はそれを見ていたが、鳥の姿が中の島のしげみに消えると、馬子はゆらりと駒の方に向き直った。見上げる姿で言う。

「そなたに殺してもらいたい人がある」

「かしこまりました。誰を殺せばよいのでございますか」

駒の調子は、庭前に遊んでいるにわとりのどれをひねるのかと聞いているようであった。

馬子は答えず、また歩き出した。

ついて行きながら、駒は返事を待った。

十間ほど歩いてから、馬子は言う。

「みかどだ。みかどをなにしてもらいたい」

はっきり言うのをはばかって、「なにして」などと言ったのが、駒をおびえさせたのかも知れない。返事をしない。足をとめていた。

日はもう没して、急速に暗くなりつつある。

行きすぎていた馬子はかえって来た。叱るように鋭く言った。

「なぜ返事せん！」

「はい、しかし……」

「そちはかしこまったと言ったのだぞ。そちに似合わぬ男らしくない態度だぞ」

返事がないので、馬子は顔をのぞきこんだ。

「そちは父祖以来、わが家の部曲の民だ。そちの君はわしだ。わしの言いつけは何によらず聞かなければならないのだ。なにをためらうのだ」

「仰せの通りでございます。しかしながら、余人なら何のはばかるところはございませんが、みかどとあっては、そうはまいりません」

馬子は駒のまわりを歩きながら言う。

「いかにも、みかどは尊いお方だ。しかし、それは直接にみかどにつかえている者と、みかどのお家の民にとってのことだ。そちにとっては、わしこそ最も尊い君だ。ここのところをよく考えわけねばならんぞ」

「それはそうでございましょうが……」

「ございましょうがとは何だ。わしの言うことが間違っているとでも思っているのか。その上だ、今のみかどは、わしが立てたのだ。わしが立てたのに、その恩義も思わず、わしに異心を抱いておられる」

今日聞いたことを語った。語りながら、駒のまわりをまわっている足どりがだんだん速くなる。

追いかけるようなことばとその足どりとに、駒は昏迷に似た気持に襲われた。

「どうだ！　やれい！」

と、馬子はさけんだ。

それでも、駒は返事をしなかった。薄暮の中に、大きなからだはえたいの知れないばけものか巌のようであった。馬子は側によって、顔をのぞきこんだ。その目をしっかととらえて、駒は言った。

「それでも、みかどはみかどでございます。てまえには出来そうにございません」

「何だとオ？」

はじかれたように馬子は飛びのいた。また足早やに駒のまわりをまわりながら、累代の部曲の民に、他人に見かえられようとは思わなかったとか、こんな風では、わが家も物部氏のあとを追うて亡び、部曲はうばわれ、部民は他家の奴婢にされて憂い目を見るであろうとか、小声に、早口に言いののしっていたが、またかえって来て、のぞきこんだ。

「駒よ、そちが引受けて見事しおうせたら、そちに広々と田荘をやろう。部民も多数分けてやろう。これなら、引受けるであろう。どうだ」

駒の目が暗にぎょろりと光った。しかし、答えはなかった。

「それでは、そちを蘇我一族に准らえるものにしてやろう。一番の栄えある蘇我一族に准ずるのだぞ。悪くなかろう」

はじめて駒の口もとがうごいて、野太い声が聞こえる。

「今仰せられたことの上に、河上郎女をたまわりますなら、いたしましょう」

「何だとオ？」

馬子は飛びのいた。呼吸をはずませてにらんでいた。

「そうして下さるなら、てまえは必ずご所望の通りにいたします」

野太い声は、またこうひびいた。

怒りが馬子の胸に煮えかえり、渦を巻いた。こともあろうに、わが家の部曲の長、それも蕃別（帰化人の系統）の者ごときが、自分の娘を妻にほしいとは、何たることかと思うのであった。

するど、その心を見通しているかのように、巨巌の影のような漢ノ駒のところから声が聞こえて来た。

「わが君は今、てまえに広大な田どころと多数の部民とをつけ、お家の一族に准ずるものとしようと仰せられました。ならば、てまえが郎女をいただいても、似合わしい縁組みでありましょう」

論理的にはその通りであるが、それだけに一層腹が立った。しかし、やがてその怒りは崇峻天皇にむかって行った。天皇が恩義を忘れて、自分を害しようなどという心を起されたればこそ、自分は駒ごときにこんなことを頼まなければならないことになり、頼んだればこそ、こんな不遜な要求をされなければならないことになったのだ。すべては天皇に原因があると思ったのである。

（何よりも、みかどを早く除くことにある。この男などは、あとでどうとも始末がつく）

と、思案が定まった。

つかつかと駒のそばにかえって来た。そのたくましい肩に手をかけ、

「よかろう。そちの望みをかなえよう。あの娘は、みかどに奉ろうとずっと思っていたのだが、みかどが亡くなられるからには、そちにつかわしてもかまわんわけだ。ハハ。つかわすぞ。必ずともにぬかりなくいたせ」

といいながら、ほとほととたたいた。

かたい筋肉のもり上っている肩が、手のひらの下でぶるぶるとふるえて来たかと思うと、駒はくずれるように居すわった。

「ああ、わが君！　てまえは郎女を、ずっと以前からお慕い申していました。およばぬ恋とは思いながらも、どうすることも出来なかったのでございます。ありがとうございます。うれしゅうございます。この上は、必ず見事になしとげます。ああ！　何という果報！　夢を見ているようでございます！……」

声は涙にぬれて、あとはすすり泣きになった。

考えが定まった以上、馬子には右顧左眄（うこさべん）はない。いかにもうれしげな調子で、

「そちがそんなにまでよろこんでくれるので、わしもうれしいぞ。首尾よくことをなしとげた上は、そちはわしの婿になり、蘇我一族の重要なものになるわけだ。家の栄えのために、働いてくれねばならんぞ」

と言って、益々相手を感激させて、計をさずけて帰した。

数日立って、十一月三日の夜、皇居ではもう天皇は御寝(ぎょし)につかれて、侍衛の臣らが詰所で炉(ろ)をかこんで煖(だん)をとりながら、四方山(よもやま)話をしていると、ぬっと入口に顔を見せたものがあった。駒であった。駒は直というカバネを持っている上に、馬子のひきがあるので、皇居にも自由に出入りしている。こんなに晩(おそ)くと、いささかへんに思う者もないではなかったが、大していぶかしがりはしない。

「やあ」

と、迎え入れようとすると、駒は聞く。

「みかどのごきげんはいかがでありますか」

「至ってうるわしく、お寝(しず)まり遊ばしたよ」

「それはようござった」

駒は顔を引っこめた。

人々がまた話をつづけていると、天皇の御寝室のあたりで、異様な物音が聞こえた。人の悲鳴とも、うめきともつかない声である。

はっとして、人々は総立ちになり、駈けつけた。

最も意外な情景が、そこにはあった。天皇がお床の上で、血に染んでたおれておられたのである。

胸を刺され、のどをえぐられ、すでに絶命しておられる。

大さわぎになった。この大逆を誰が敢(あえ)てしたか、証拠はないが、つい今し方ちょっと顔を見せた漢ノ駒があやしいということになったのは当然である。駒をさがすとともに、諸皇族、諸豪族の家に急使を出した。もちろん、馬子の家にも使いが飛ぶ。

上を下へ返しての騒ぎの中に、馬子が厳重に武装した多数の兵を連れて来た。

馬子は兵を建物の外にのこし、ひとりしおれ切った様子で入って来、今はもうきれいに拭き清めて安置されている御遺骸にむかって、香を焚き、合掌礼拝し、経を誦してから、そこを出て、宿衛の人々の集まっている前に立った。

「宿衛の人々や、一体どうしてこんないまいましい、恐れ多いことがおこったのだな。くわしく話してみなされや」

やさしい調子だ。

人々は駒が怪しいと言って、その前後のことを語った。

「ふむ、ふむ、ふむ……」

馬子はうなずきながら聞いてから、言う。

「駒はお出入りを許されている者ではあるが、外様の者である上に、時ならぬ時に来たのだ。定めて、そなた達は、その帰って行くのを確かめたのであろうな」

「それが、つい……」

「確かめなんだのか」

「外ならぬ駒のことでございますので……」

馬子は顔色をかえた。

「そなたらはいぶかしいことを言やるな。駒があやしいと言やるかと思うと、外ならぬ駒である故と、信じ切っている言い方をしやる。うろん千万な言いぐさとは思やらぬか。わしに今わかったことは、そなたらがつとめを怠(おこた)り、宿直場(とのいば)の炉にかじりついて、かんじんの用心を怠っていたことだけだ。それでどうして駒のしわざであることがわかるのか。おのれの怠慢をかくすために、人に罪を着せようとしているとしか見えませんぞ」

おだやかな調子だけに、一層底意地悪く聞こえる。人々の恐れは一方でない。

「駒のしわざと申すわけではありません。ただ、あやしいと申すだけで……」

と言うのがやっとであった。

馬子は皮肉な目で見て、

「駒はもとより嫌疑(けんぎ)重大であるが、そなた達とて、駒におとらず嫌疑がある。その分にはおけませんぞ」

と言って、外にいる兵らを呼び入れて、捕縛を命じた。人々はもう駒があやしいとは言わず、おとなしく縛られた。「聖徳太子伝暦」に、「大臣、人をしてもろもろの驚悸(きょうき)する人を捕へしむ。人皆識(し)りて言はず」とあるのは、この事実をさしているのである。

そうこうしているうちに、諸皇族や諸豪族が集まって来た。馬子は会議をひらいて、葬送のことを提議し、

「申そうようなき不祥事であります。早々に葬(はふ)り申すが、この不祥事をはらうすべでありましょう」

と主張した。さすがに、自らの罪のあとをまざまざと眼前に見るに忍びなかったのであろう。天皇の崩御即日に葬送した先例はない。違例中の違例であるが、大へんな不祥事であるには相違ないので、可決されて、すぐ皇居からほど近い倉梯岡（くらはしのおか）の麓（ふもと）に葬った。

その二三日後、禁獄されていた宿衛人らは一人一人呼び出されて、馬子から尋問されたが、それはほんの形式的なもので、皆釈放された。同時に、駒もその宅から引致して取調べられたが、すぐ釈放されて、関係はないと発表された。

もちろん、世間では、直接の犯人は駒であるが、そうさせたのは馬子であると疑っている。しかし、公然と非難する者はない。最も親しい者の間だけでささやいているに過ぎなかった。

馬子はそれを知ってはいるが、知らないふりでいる。

神かくし

こまったことがはじまった。

東漢ノ駒が、一族づらして、それどころか、婿づらして、しきりに家に出入りしはじめたことだ。

その約束をしているのだから、さしとめは出来ない。

(漢奴め！　いずれは始末しなければならぬやつだが、これではそれをくり上げねばならんか)

と、馬子は思案した。

しかし、さしせまっての大事なことがある。みかど定めをしなければならないのだ。

馬子の思案はきまっている。炊屋姫皇太后をみかどに立てるつもりなのである。男のみかどであればこそ、崇峻帝のような心もおこされるが、女のみかどなら、その点は安心である。しかし、女のみかどは先例がない。この点が難関であった。

ずっとずっと昔の神功皇后と、その数代後に清寧天皇が崩御された直後、皇子達が譲り合って即位されないので、一年ほど空位であった時、皇子達の姉君である飯豊青王女（いいとよのあおのおうじょ）がみかどの職を代行されたのとを、歴代の中に数えれば、先例になるが、これらは語部（かたりべ）の伝承でも特例として、大君と呼んでいない。異議の出ることが予想されるのである。

馬子は老練な男だから、こんな問題はいきなり会議にかけるべきではなく、個々に折衝して皆の了解を取った後、会議は形式として開くべきものと知っている。

会議のメンバーには豪族ももちろんいるが、物部氏（もののべ）なき今は、いずれも言うに足りない。問題は皇子達である。一夫多妻の時代なので、歴代のみかどの皇子が実に多い。皆皇位継承権の所有者である。自らの権利の侵害として、反対するに違いないのである。

その皇子達を訪問して説得するために、実に多忙だったのである。

困難はあったが、次第に成功しつつあったある日、思いもかけない事件がおこった。

ある皇子を訪問して、夕方近いころ、小寒い風の吹く野道を帰って来る途中、家から来た迎えの者に逢（あ）った。その者は馬を飛びおりると、馬子の側によって、

「一大事がおこりました。急ぎお帰りください」

と、ささやいた。

その挙動から、他聞をはばかることがおこったらしいと判断されたので、供の者を遠ざけて、事情を聞いた。

「河上郎女（かわかみのいらつめ）が行くえ知れずになられたのでございます」

「なんだと？　この真昼間に？」

「いいえ、それは昨夜のことらしゅうございます」

「昨夜だと？」

姿の見えないのに気がついたのは、今日の昼ごろだが、だんだんしらべてみると、昨夜から見たものがないという。大さわぎになって、心あたりをさがしてみたが、どこにも居ないというのである。

郎女は仏法信者だ、

「豊浦寺(とゆらでら)にも行ってみたか」

「はい。しかし、お出(い)でになっていないと申します」

「坂田村もだな」

「はい」

馬子は馬を速めた。まるで見当がつかなかったが、わが家の見えるあたりまで来た時、ふと胸をかすめたことがあった。

（駒のしわざかも知れない）

あの約束について、駒は口に出して言ったことはないが、こちらの言い出すのを待っていることは、様子でわかる。あるいは待ち切れないで誘拐(ゆうかい)してどこかへ連れて行ってしまったのかも知れない。

（おのれ、漢奴め！　もしそうだったら、決してゆるさんぞ！）

ぎりぎりと歯がみした時、門を走り出して来たものがあった。駒であった。あぶみにすがりつ

き、

「ああ、わが君、郎女はどうなったのでございます！」

小声ながら、さけぶように言う。

その顔には泣かんばかりの表情がある。

この男は関係がないと、馬子は思った。今の今まで心をしめていた疑惑は、忽ち消散した。

「静かにしやれ。往来で語るべきことではないぞ」

たしなめると、はっとした様子で手をはなしたが、門を入り、居間までついて来た。

馬子は家人を呼んで、くわしい話を聞いたが、途中で使いの者に聞いた以上のことはわからなかった。

その間、駒は居間の片隅にひかえて、人々の語ることに耳をすましている様子であったが、ふとぺこりとおじぎして出て行った。

さすがにあわれでないことはなかったが、そのために処置をあきらめる気はおこらない。それはどうしても死んでもらわなければならない人間である。なんといっても、天皇を殺し申した大罪悪人である。

河上郎女の捜索は厳重に行われた。まさかとは思いながらも、河内の石川の別荘へも人を走らせた。その他、大和内の方々の別宅はもちろんのこと、少しでも関係のありそうなところにはのこらず人をつかわしたが、どこにも踪跡はない。卜部にうらなわせたことは言うまでもない。仏にも祈願した。日本の神々にも祈願した。何の効験もなかった。

今はもう神に蕩(とらか)し去られたと思うよりほかはなかった。あまり神に気に入られると、神がうばい去ってしまうという信仰のある時代なのである。

「郎女はあんなに美しくたおやかであったので、神に魅入(みい)られて連れ去られたのだ」

と、世間の人々はうわさした。馬子もまた信じないわけに行かなかった。

このようなさわぎの間にも、馬子は炊屋姫皇太后を擁立する運動をおこたらなかったが、何が幸いになるかわからない、馬子が家庭内の悲しみにたえながら努力しているのを見ると、皇子らは大いに同情して、その説に同調したのである。

月がかわって十二月はじめ、海石榴市(つばきいち)の皇太后の御所で会議がひらかれた。もちろん、全員一致である。馬子は皇太后の出御(しゅつぎょ)を仰いで、即位を奏請した。

皇太后は白い顔に微笑を浮かべて仰せられる。

「それはならぬことです。みかどは当世のことだけでなく、後代のことも考えてきめるべきものです。先例にないことをすべきではありますまい」

皇太后は馬子が自分を推す運動につとめていることを知っておられたが、その気は本心からあられなかった。今のままでも、皇族中最も尊貴な身分だ、女の身で先例もないみかどなどになって、骨のおれることをすることはないと思っておられるのであった。

「仰せの趣(おもむ)きは十分に考えました上で、お願い申しているのでございます。一同の一致してのお願いでございます」

と、馬子はおしかえした。

「男皇子がおわさないのなら、新例もいたしかたはありませんが、多数おわすのに、わけがわかりません。詮議（せんぎ）しなおして下さい」

「皇太后が皇族方の中で最も尊貴であられるからでございます。最も尊貴な方をさしおいて、他の方を仰ぐわけにはまいりません。一同の切なるお願いでございます。ただお受けいただきとうございます」

と、馬子は言う。人々は拝伏する。

この理由は薄弱である。皇太后の父帝欽明（きんめい）のなくなられた時、欽明の皇后石姫（いわのひめ）は健在であった。この方は安閑（あんかん）天皇の皇女で、当時最も尊貴な皇族であったが、皇子が即位して敏達（びだつ）帝となられたのである。

皇太后がそれを言われると、馬子は言う。

「敏達はその時もう三十余歳であられました。しかし、先帝の皇長子厩戸（うまやど）のみこはまだお若くいらせられます。ぜひお聞きとどけのほどを」

若いといっても、厩戸は二十（はたち）である。

皇太后は厩戸の方をごらんになった。

厩戸は席を立ち、皇太后の前に進んだ。若い桜のようにすらりとしたからだつきと、美玉に彫りおこしたような美しい顔の人である。若々しい、よく透（とお）る、しかしおちついた声で言う。

「まろの名前が出ましたので、申させていただきます。唯今（ただいま）は容易ならない世でございます。仏法の興隆にたいする反対、物部氏の反乱は、幸いにして一日にして鎮定はしましたが、その余党の恨み、外事では数代前からの懸案になっています三韓の問題等、さまざまなことが山と積んで、まことに重大でございます。

蘇我の大臣が常例になずまず、皇太后の御即位のことを案じ出しましたのは、この故であると、まろは考えまして、同意いたしました。

まろは先々帝の長子とは申せ、やっと弱冠二十、とうてい重責にたえるものではありません。曲げて、衆議をお聞きとどけいただきとうございます」

厩戸が拝礼すると、一同もまたそれにならい、同音に、

「お願い申し上げます」

と言った。

皇太后は、ついに嘆息してうなずかれた。

「いたし方はありません」

これで決定した。

「日本書紀」に、「すすめ奉ること三たびに至って、やっと承諾された」とあるのは文飾ではない。以上のいきさつがあったからである。

十二月八日、豊浦宮で即位の儀式があった。日本最初の女帝・推古天皇である。

現代の歴史学者の通説では、紀・記に伝える日本の神話は、この時代に整理されたらしいという。江戸時代の荻生徂来の「徂来集」と、大阪の町人学者山片芳秀が自分の師である中井竹山・履軒兄弟の説を書きとめた「夢の代」とに、天照大神を女神にしてあるのは、推古が女に

して皇位につかれたのを合理化するためであろうと説いてある。この説は戦前には暴論として一顧もされなかったが、現代の史学者らの説と符節を合するようなものがある。見識の高い学者の説は古びないのである。

即位式があって、馬子はやっといくらかひまが出来たので、よく郎女のことを考えた。考えれば考えるほど、ふびんである。

「后妃にだってなれる身に生まれながら」

と思わずにはいられない。

せめて来世の幸福を祈ってやりたいと、善信尼（ぜんしんに）を呼んで、法事の相談をした。

善信尼は一昨年、一年間の百済（くだら）留学をすませて帰国し、今は河内の桜井（さくらい）寺に住んでいる。十一で得度（とくど）した彼女も、もう十八の美しい尼になっていた。

「ありがたい思召（おぼしめ）しでございます。姫君様には、わたくしはいろいろと御恩を受けていますので、ひそかに回向（えこう）をつづけてはいますが、親御様である大臣様が施主として遊ばすのであれば、この上のことはございません。丹誠してつとめるでございましょう」

と答えて、馬子の邸（やしき）にとまりこみで、準備にかかった。

ところがだ。その両三日後のことであった。下部（しもべ）男が猟師を連れて来て、この男が昨日の昼頃、姫君ではないかと思われる人を見たと言っているという。

失踪（しっそう）後はじめての情報である。馬子はみずから尋問した。

猟師の語ることの要領はこうだ。

「南淵（今は稲淵）から南へ山一重こえた谷間で、年若い女人を見た。この世の人とは思われないくらい美しい人であった。年若くたくましい男と手をたずさえて、いとも楽しげに歩いておられた。自分はてっきり夫婦の神々が遊行しておられるのだと思って、藪にかがまり、呼吸をひそめて、お姿が見えなくなってから、家に帰った。

美しいお姿が忘れられず、終日酔ったような気持であったが、夜になって、神かくしにあわれたという御当家の姫君のことを思い出して、夜の明けるのを待ちかねて、お知らせに上ったのである」

馬子は根ほり葉ほりたずねた後、沈思した。

猟師の見たという女人が、はたして郎女であるかどうかも疑わしかったし、であるにしても、神に連れ去られ、神とともにそんなに楽しく暮しているのなら、連れかえることは出来ないかも知れないと思った。しかし、聞捨てには出来なかった。

ともかくも、猟師を案内者にして、下部どもをその場所につかわしてみることにした。

南淵というのは、馬子の今いる島の屋敷から飛鳥川沿いの道をさかのぼること二キロ余、そこに飛鳥川が滝となって深い淵をたたえているので、この名がついたのである。

この付近には天皇家の部曲である帰化人の部落があって、後に有名になった南淵請安の出身地である。請安はこの頃すでに生まれてはいたが、まだ二三歳であった。十数年後に日本最初の中国留学生となって遣隋使小野妹子に連れられて行き、三十余年後に日本にかえり、大化改新のブレーンとなった人である。

この南淵から山を南にこえると、細い川をはさんで狭長な渓谷がある。そこから渓谷沿いに一キロ半ほど下ると、せまい盆地があって、そこは蘇我氏の部曲の一つになっている檜前であり、ここも帰化人の部落になっている。部落の住民は全部東漢氏で、駒もここの出身なのである。

下部らは猟師の案内によって、檜前からそこへまわることにした。

檜前部落にさしかかると、出て来た村長が、

「おやおや、大勢おそろいで、どこへお出でなのでございますか。わたくし共の村の誰ぞに、大臣様が御用があるのではございませんかな」

とたずねた。

「そうではない。実はこの男が今朝ほど島のお屋敷に来て、きのうこういうことを見たというので、大臣様が、違うかも知れんが、念のために行ってみよと仰せられたのだ」

と、下部がしらは答えた。

河上郎女のことは、たれ知らない者もないことだ。この部落の者共ももちろん知っている。

「それはそれは。ご苦労さまでございます。ほんに、郎女さまのことは、けたいでごわりますなあ。でも、まあちょっとお休みになってからお出でなさりませ。少し前に仕込みました酒が、ちょうど頃合になっておりますでな」

酒好きの下部がしらは、こう聞くと、がまん出来ない。

「そうかえ。そんなら、ちょっこら休んで行こうかいな」

と、案内されるままに、村長の家に行く。

他の下部らも異存はない。天気のよい日ではあるが、何せ十二月のことだ。寒気はきびしく、空気は乾燥しきっている。つかれてもおり、のどもかわいている。かもし立ての酒をきゅーッとあおるのは悪くない。大よろこびでついて行く。

ちょうどその時、村人の一人が下部らの方を見い見い、彼らの目的地の方角にむかって、一目散に走って行ったのだが、下部らはまるで知らなかった。

当時の酒は、もちろん濁り酒であるが、帰化人らはその本国から持って来、伝承している進んだ醸造法を知っている。一体、大和はその昔においては酒の本場である。三輪神社が酒の神様で、

この酒(みき)は
わが酒ならず
大和なる
大物主(おおものぬし)の醸(か)みし酒かも

という古歌があるくらいで、ごく古い時代から酒造りがさかんで、奈良漬(ならづけ)などもそのためにはじまったのである。

しかし、帰化人らの造った酒は、さらにうまい。下部らは舌なめずりして、村長について行った。

酒がめは二つもある。大きいやつである。薄暗い土間に、胴の半ばまで埋められていた。ひさ

ごを二つに裂いたひしゃくが浮かしてある。それで酌(く)んで、土器(かわらけ)にうけて、ごくごくとのむのである。

くんでのみ、くんでのみしているうちに、皆とろとろと酔った。

未練は大いにあるが、いつまでもそうもしておられないので、辞去して、目的の場所に向った。昼酒の酔いで、目がちらちらして、いい気持であった。

下部らが村長に案内されてその家に行く時、遠くからそれを見て、谷間の道に走り込んだ村人の一人は、つづらおりな赤土の小道をあえぎあえぎ走って、一キロも行くと、大きな池がある。檜前部曲の水田耕作用に、谷川の水をせき止めてたたえた用水池である。こうした用水池一つにしても、構築の技術はもとよりのこと、それどころか作ろうとする思い立ちから、当時は帰化人の頭脳と技術とに待たなければならなかったのである。

池ははば百米(メートル)、長さ二百米ほどで、冬の午後の日の下に、青い水をたたえて、さざ波立っていた。

男は堤の上を右に走って山にかかり、まばらに落葉樹のちらばっている草山を駆け上った。すると、上の方からがさがさと駆けおりて来た者があった。

男は立ちどまった。

おりて来たのは駒であった。

「どうした。あわただしい」

大男の駒は、相手を見下ろすようにして言う。

「大へんです。お屋敷から人数が出ました」

駒の顔色がさっとかわった。持ち前の鷹のような目が一層光った。

「人数が？　どうしてまた？　たれが来た？」

男は下人がしらが村長に語ったことを告げた。

「よし。汝はすぐかえれ。道をかえてかえれ」

駒は身をひるがえして、山を走り去った。大きなからだだが、野の獣のように軽々とした動きであった。

駒が山の尾根をこえ、南面した枯草の斜面を下り切ると、また谷川がある。山の裾から谷川の両岸一帯は、大きな杉の密生した林になっている。

駒がその杉林に駆けこむと、若い女のあまい声が聞こえて来た。

「どうしたの？　どこへ行っていたの？　あたしを一人おいて」

「大へんだ！　追っ手が来た！」

駒はどなって、声の聞こえて来た方に突進した。

一かかえもあるほどの大きな杉の幹を背にして、若い女がほおえんで立っていた。河上郎女であった。

郎女は韓わたりのごく上質の織物を韓様に仕立てた衣服ではあるが、少しよごれたのをまとい、上に熊の皮の袖無しを羽織っていた。幸福そうな顔をしている。以前は美しくはあっても、どこかつめたく鋭いものがあったが、今はそれはすっかり消えて、ひたすらにあまく、あたたかく、どこかに酔っているような風情さえ感ぜられる。

追っ手が来たといわれても、郎女は少しもおどろかない。ホホと声を立てて笑いさえした。

「ちょうどいいじゃありませんか。お父さまは、あなたに、あたしをくれて、一族の一人にしてやると約束なすっているのでしょう。追っ手が来たのが幸い、進んでつかまって、その約束通りさせましょうよ。こうなった以上、あたし達の勝ですよ。あたしがあなたの妻(め)であることを認めないわけに行かないのですからね」

「そういえばそうだが、わしは大臣様がこわい。そなたの父君だが、あの人は底の知れない、腹黒いお人だ。わしは恐ろしくてならない。ともあれ、この場は逃げよう。うまく逃げられても、やがてはまたつかまるかも知れないが、その時はそなたの言う通りにしよう。こんどだけは逃げておくれ。こうしている間も、気がせく」

駒は走り出した。

林の中に草ぶきの小さい小屋がある。そこに駆けこんで、ごたごたと立ちはたらいていたが、やがて大きな袋をかつぎ出して来た。衣類や鍋釜(なべかま)の類(たぐい)まで入っているのであろう、ごろごろした袋であった。

読者はすでに大体の推察がついておられるであろう。駒は崇峻天皇を暗殺した後、自由に馬子の島の屋敷に出入りしている間に、郎女を誘惑して、自分のものにしてしまった。馬子との約束があるのだから、当然のことと思ったのである。

郎女が身分ちがいの駒に許したのは、一応不思議なようであるが、天性淫奔であったのかも知れない。しかし淫奔な性質でなくても、若い娘にはよくあることでもある。からだはおとなになっているのに、精神の成長が追いつかないために、生命力のほとばしりを制御することが出来ないのである。

ともあれ、郎女は駒によって女となった。

その後、駒は馬子の様子を見ていると、どうも約束が履行されそうにないので、郎女と相談して、ひそかにやかたを脱出させ、ここに連れて来て、蜜月の生活をしていたのである。いずれ、おりを見て、名のって出て、約束を履行させようというのであった。

一方、馬子の下部らの方。

いい気持にほろほろと酔って、山合いの道を用水池の近くまで行った時、一同の前に立って、ふさふさとした尾をふりふり歩いていた猟師の犬が、にわかに立ちどまり、キッとした姿で、右方の丘をにらんでいたと思うと、忽ち狂ったように吠えながら、枯草の丘の斜面を走り上りはじめた。すさまじい様子だ。

一同、酒の酔いもさめる思いで、見ていた。

「なにか嗅ぎつけたのですわい。ただごとじゃありませんで」

猟師は背中の、かずらのやなぐいから矢を一筋とって、弓につがえながら、犬のあとを追った。

下部らも弓に矢つがえして、つづいた。

やがて、犬は大きな岩のあたりまで行くと、そのまわりを駆けめぐりながら吠え立てる。岩のかげに何かがいるに相違なかった。

猟師は十米ほどの距離まで近づいたところで、下部らにここに待っているように言って、弓を引きしぼりながらそろそろと近づいて行って、どなった。

「やい！　そこにいるのは何ものじゃッ！　人か、獣か、出て来い！　いつまでもすくんどるのやったら、姿の見え次第、ぶッぱなすでーッ！」

すると、岩のかげから声が聞こえた。

「待ってくれ。おれ人間や、矢ははなさんでくれ」

言いながら立ちあらわれたのは、さっき駒に探索の下部らの来たことを知らせた、あの男であった。恐怖に真青になっている。

早速、尋問がはじまる。いろいろあったが、ついに男は泥をはいた。

思いもかけないことを聞いて、下部らはおどろいた。駒の勇敢多力は皆知っている。尋常なことではすむまいと恐れたが、聞いた以上、捨てておくわけには行かない。男を案内者にして、谷間の杉林の中のかくれがにむかった。

もちろん、もう二人はいなかったが、立去ったばかりである。犬に小屋の内部のにおいを十分に嗅がせて尾けさせると、しとしとと歩き出し、そこから三百米ほど上流の、やはり杉林の中で、ついに二人に追いついた。

下部らはこわいので、遠くにかたまって、弓に矢をつがえ、引きしぼりながら、ふるえる声でさけんだ。

「大臣様の仰せを受けて来たのだ。神妙にせい。神妙にせんにおいては……」

駒はここに来るまで、郎女と論争のしづめであった。だから、道もはかどらなかったのであるが、こうして見つけられた以上、もうしかたはない。郎女の言うように、これを機会に、馬子と話をつけ、約束を履行させようと思った。だから、下部らのことばを聞いて、からからと笑った。

「おれが逃げるつもりなら、うぬらくらいな人数を踏みつぶすのは何でもないが、思う子細があって、大臣の許に行くことにする。おれは大臣の婿で、大臣の一族となることになっている身だ。おとなしく供してまいれ」

と言って、郎女の手を引いて、悠々と近づいて来た。

駒と郎女とが島のやかたについた時、短い冬の日は没して、とっぷり暗くなっていた。その少し前に、途中から下部の一人が駆けぬけて来て報告したので、馬子は首を長くして待っていたのだが、縛られて来るどころか、郎女と二人ならんで主人顔に先に立ち、下部らを従者のようにうしろに引きつれて、いかにも傲然たる様子で来たのでおどろいた。

駒の武勇は、馬子もまた知っている。へたをしてあばれ出させては、ずいぶん死傷者も出るであろうし、世間の評判になって恥さらしになると思った。

そこで、至って愛想よく迎えることにする。

「おお、おお、ふたりともよくかえって来てくれた。心配した段ではないぞ。なぜ、わしの身になって考えてくれなんだのだ」

と、下へもおかない調子で迎えて、入浴させ、着がえさせ、改めて対面する。

この間に、郎女は別室に入れて、厳重に侍女らに監視させる。

酒を出して駒にすすめ、いかにも打ちとけた様子で言う。

「そなたらがこんなことをしたのは、大方、わしの心がわからぬために、わしが約束を履まんじゃろうと思うたからであろう。その疑いは無理とは思わんが、わしの心配は一方でなかったぞ。そちが連れて立ちのいたのであるとわかっていれば、案じはしなかったのだが、神に蕩し去られたのじゃろうという人がおり、占象にもそう出たというので、わしもそう思わんわけには行かなかった。とうてい姫は生きていまいと思った。だから、実は冥福をいのるために仏事供養を営もうと、桜井寺から善信尼を呼んで、支度を命じまでしたのだ。

しかし、こうしてふたりそろって無事に帰って来た以上、少しもうらみとは思わぬ。やがてよい日をえらんで、一族の人々に集まってもらい、婿にとったことと一族入りのこととを披露したい。それまでは、この家にいるよう。ああ、めでたいこと!」

馬子は心から打ちとけて、やさしげで、よろこばしげであった。

こう出られては、駒も、強みを見せてかたく張っていた肩の力がぬけて、しおしおとなる。

「そのようなありがたいお心とも知らず、おそれ多いことをしでかして、ご心配をおかけしましたこと、申訳次第もございません。平に、平に、おわびいたします」

と、しきりにあやまった。

「もうよい、もうよい。万事はじめにかえって、めでたくなったのだ。もう何も申すな。ともあれ、めでたいことだ。飲んでくりゃれ。わしも今夜は飲むぞ」

と、酒をすすめにすすめた。

こうして深夜まで飲まされて、駒は泥酔（でいすい）して寝室に案内され、前後不覚の眠りに入ったが、その寝入りばなに一隊の兵が入って来て、縛りにかかった。

「なにをする。こら！　なにをする！」

酔いのために、抵抗はおろか、口もよくきけない。それを俵でもくくり上げるようにごろごろところがして、高手小手に縛り上げ、猿（さる）ぐつわまではませ、かついで行って、邸内の牢獄（ろうごく）にほうりこんだ。猿ぐつわをはませたのは、人に知られてならないことを口走らさないために、とくに馬子が命じたのであった。

駒は泥のような酔いごこちにある。つめたい土の上で縛られたからだを二三度蝦（えび）のようにもがかせただけで、すぐ昏々（こんこん）たる眠りに入った。

駒がこうなったとは、郎女は知らないが、自分が一室に監禁され、厳重に見張られて、用足しにも数人の侍女らがついて来るほどなので、駒の運命もよかろうとは思われない。しきりに侍女らにたずねるが、侍女らは、大臣様と一緒に酒宴を遊ばしているということだけしか教えない。もっとも、侍女らにしてみれば、それ以上のことは馬子の胸中にあることだから、知りはしないのである。

郎女は不安のうちに、目ざめがちな眠りに入った。

夜があけると、馬子は善信尼を呼び出した。尼はこの前河内から呼ばれて島のやかたに滞在して、河上郎女の追善供養の法事の準備をしていたのだが、昨日思いもよらず、その郎女が生きて帰って来たので、すっかり度を失っていたのであった。

「そなたも知っての通り、郎女は帰って来た。従って、そなたのせっかくの骨折りも無駄となって、気の毒したが、改めてそなたに頼みがある。このまま郎女をここにおくわけに行かぬ故、しばらく河内の石川の別荘にやりたい。そなたつきそって行って、仏道のことなど説き聞かせて、心を落ちつかせてくれまいか」

と、馬子は言った。

ことのいきさつは、尼ももう知っている。邸内の侍女らがささやいて聞かせたのである。

「かしこまりました」

と、ことば少なく承諾した。

間もなく、尼は郎女をともなって河内にむかった。侍女が五六人つき、二十人ほどの男らに護衛されていた。女らは皆馬上で、顔は白いきれで包んでいた。

出発するまでは、郎女はずいぶんだだをこねたが、尼が熱心になだめつけたのであった。

一行が出て行ってから二時間もたって、もう昼であった。馬子は居間から出て、廻廊に立って、下部がしらを呼んだ。

下部がしらは走り出して来て、霜がとけてぬかり、水蒸気の立っている庭にうずくまった。

「やつは酔いがさめたか」

「さめたらしゅうございます。熱い鍋(なべ)にのせられた芋虫(いもむし)のように、ひとやの土間をころげまわりながら、うめいています。さるぐつわをはまされていますので、口がきけないのでございます」

馬子はよく晴れた冬空をながめながら黙っていた後、言う。

「やつを池のほとりの、あの樫(かし)の木につるし下げよ。しばったままだ」

「樫の木につるし下げるのでございますね」

「そうだ。やつは大男だから、折れぬように太い枝をえらんでだ。地面から三尺ほどの高さに足の爪先(つまさき)があるようにせよ」

「かしこまりました」

「出来たら、知らせよ」

「はっ」

下部がしらはひざを泥だらけにして走り去り、馬子は内に入った。

廻廊には真昼の冬の日がさし、庭は益々(ますます)ぬかって来て、三十分ほどの時間が流れた。

やがて、下人がしらが来て、ぐちゃぐちゃの地面にひざまずいて、呼ばわった。

「もうし、もうし、仰せつけのようにいたしました」

返事はなかったが、人のけはいがして、馬子が出て来た。鷹の羽をはいだ矢を数本さしたやなぐいを腰につけ、右手に弓をにぎり、剣を佩(は)き、左右の袖口をしばり、左右の手に鞆(とも)と韘(ゆがけ)をはめ、履(くつ)をはき、ものものしい姿である。

年に似合わない身軽さで庭におり立った。泥がはねて上衣をよごしたが、少しもかまわず歩き出した。

池を背にして立ち、樫の方を見た。明るい白昼ではあるが、よく繋っている老樹の下は小暗い。その中に、駒はぶら下げられていた。大男なのに、みの虫かなんぞのように小さく頼りなげに見えた。

馬子は弓杖（ゆんづえ）ついて、呼ばわった。

「駒よ。身分をわきまえない不埒（ふらち）をしでかした報（むく）い、今ぞ思い知ったか！」

その時まで、駒はしょんぼりとうなだれていたが、ぐいと頭を上げた。ぶらぶらとからだが揺れた。かっと目をみはって、馬子をにらんだ。はげしく顔をふった。何か言おうとして、さるぐつわをはずそうとするのであった。

「ものが言えぬか。ハハ」

と、馬子があざけった時、不意に駒の口もとからきれがすべり落ちた。

「ウソつき！　大悪人め！」

と、どなった。しわがれた声であった。

下部がしらはおどろいて駒のさるぐつわをはめ直すために走り寄ろうとしたが、馬子は、

「捨ておけ。この漢奴めが何を言うか、聞いてやろう」

と、とめて、ふくみ笑いしながら言った。

「漢奴、おのれは今、ウソつき、大悪人と申したが、わしのことかな」

「おおさ、大臣のことだ。大臣はおれにさまざまなほうびを約束したではないか。それをこんな

目にあわすばかりか、見れば弓矢をたずさえているが、必定、おれを射殺そうとするのであろう。大ウソつきと申したが、過言か！」

糸一筋でさがっている蜘蛛(くも)かみの虫なんぞのように、ゆらゆらとゆれながら、駒はさけぶ。

馬子はなお笑顔をつづけて、

「大悪人とも申したが、そのわけは？」

「みかどを害(あや)め奉れとおれをそそのかしたのは、誰でもない。大臣よ。大罪人よ！」

馬子は声を立てて笑った。ひくい笑い声だ。

「駒よ。みかどはこの国では無上の尊いお方だ。その上、わしにとって甥御(おいご)でもあられた。わしは神や仏のように尊んでいた。されば、たとえそんなことを申したとて、それは本心ではなかったのだ。浅はかなやつめ。その浅はかさの故に、おのれは言おうようなき、おそれ多いことをしでかしたのだぞ」

しらじらしいと言おうか、図太いと言おうか、狡猾(こうかつ)と言おうか、駒もさすがに口がきけなかったが、気をとりなおして、またさけぶ。

「しらじらしや！　おのれはおれがはじめことわったら、広々と田どころをやろう、多数の部民(べみん)をくれようと言った。それでもいやじゃと申したら、蘇我一族にしてやると言った。はては、郎女をくれるとまで言った。それでも、本心ではなかったと言うのか！」

一語一語、切ってはなつような鋭さだが、馬子はさらにこたえない風で、

「その通り。本心ではなかった。代々みかどの家と縁ぐみをつづけて来た蘇我という名家に生れ、

しかも大臣という高いカバネを持っているわしが、そんな恐ろしいことを本心から考えようか。思ってても見よ。おのれは代々のわしが家の部曲の民だ。させたいことがあれば、ただ命じさえすればよいのだ。田どころを取らせるの、部民をやろうの、一族の中に入れるのと、本気でそんなことを言おうか。ましてや、みかどの妻に奉っても不当でない姫を、おのれごときにくれようと思おうか。わしは一時の怒りに駆られて、本心を取失っていたに過ぎない。おのれはそれを考えて、わしを諫めて、心づかせてくれなければならなかったのだ」

ふと、ことばを切ると、やなぐいから矢をぬき出し、鏃がよくとげているかとしらべ、指先につばきをつけて矢羽を丹念に撫でつけてから、弓につがえた。打ってかわって、きびしく張った声で、

「漢奴め！　おのれには大罪が三つある。その一つは、わしが言いつけたとて、みかどをあやめ奉ったことじゃ。観念して、この矢を受けい！」

というや、一矢をはなった。矢は風を切って飛んで行き、腹部にあたり、矢竹の半ばまでつきささり、駒はむうとうめいた。

馬子は二矢をつがえてさけぶ。

「罪の二は、わしが怒りに駆られて言ったことじゃに、欲にからんで、無思慮にもみかどをあやめ奉ったことじゃ。報いを受けよ！」

矢は胸にあたった。

「その三は、郎女はみかどのきさきであるべきを、盗んで犯したことだ」

三矢はまた胸にあたった。

駒は苦痛に顔をゆがめながらも、傲然とした表情をかえず、目をみひらき、にらんで、絶叫した。

「おれはこうなることを知っていた。だから郎女を連れて山隠れしたのだ。おれは日夜にまぐわうて、蜂（はち）の巣のようにしてくれたわ。いつまでもおれを慕うであろうよ。おれは少しも後悔せぬぞ！　ハハハ、ハハハ……」

この駒のことばを聞いた時、ついぞ興奮したことのない馬子も、カッと顔に血がのぼった。それはこらえたが、駒がいかにも勝ちほこったような笑い声をあげると、つい手が腰の剣に行った。

「弓で射ただけでは足りず、こんどは斬（き）るのか。縛り上げて抵抗力をうばっておいて、弓で射て、剣で斬るのか。りっぱなことじゃ。さすがに蘇我ノ大臣ほどのことはある。アハハ、アハハ、アハハ……」

人間ばなれした強壮さだ。腹を射ぬかれ、胸に二筋も矢を射立てられながら、少しも気力がおとろえず、ののしり、あざ笑いつづけるのだ。しかし、ふとその笑いがはげしい咳（せき）になったかと思うと、口もとにしぶきが立ち、あごから胸もとが赤く染まった。咳はつぎつぎにこみ上げて来て、その度（たび）に血しぶきが立った。胸に立った二筋の矢が肺臓をやぶったからであった。凄惨（せいさん）な姿であった。

馬子の怒りはよろこびとなった。暗いよろこび。

「報いはあるものよ。そのざまで死ぬのか。しかし、その報いは、すべてみかどの罰だ。わしはわしで罰をくれてやらねばならぬ。これがそれよ。受けよ！」

と呼ばわって、剣をぬいて、なげうった。キラリと日をはねかえした剣は、木蔭に入ると真直ぐに飛んで行き、駒の腹につきささった。

超人的に強壮な駒も、もうこらえられなかった。ウッとうめくと、綱の先ではげしく動揺し、ふるえ、またせきこんで血をふき、やがてぐたりとなった。

馬子はしばらく見ていた後、下部がしらをふり向いた。

下部がしらは真青になり、その青い顔は、寒い日なのに油を塗ったように汗でてらてらと光り、歯の根をかちかち鳴らしてふるえていた。

「あれをおろせ」

「ヘッ！」

樫の幹に走りより、そこに巻きつけて結んである綱のはじを解きにかかった。指先がふるえて、うまく解けない。馬子はきびしい目で見ていた。

やっと解けて、綱をゆるめると、駒のからだはおりて来て、あおむけに地面に寝た。胸と腹に矢と剣とがつきささったままであった。

「まだ息があるか、しらべよ」

下部がしらはこの時まで、決して駒の方を見なかったのだが、こう言われて、おずおずとそちらに目を向けた。しかし、近づこうとはしない。及び腰で、ふるえながら、見ている。わからないから、なかなか報告しない。

「そう離れていてはわかるまい。近づくがよい」

むしろやさしいといってもよいほどの声で、馬子は言う。

「ヘッ！」

ぎくしゃくした物腰で、一歩近づいて、凝視する。

「そこでも離れすぎているの。ずっと近づくがよい。もう死にかけているのだ。おそろしいことはないぞ」

馬子のことばは笑いをふくんでいるだけに、下部がしらには一層おそろしく感ぜられた。

「ヘッ！」

と、また一歩近づいて、ひとみを定めた時、駒が大きな息をつき、胸と腹につきささっている矢と剣とが動いた。

悲鳴をあげて、下部がしらは飛びのいた。

「生きています！」

馬子はつかつかと歩きより、腹につきささっている剣をぬきとり、切先を駒ののどにつきつけた。

駒はクワッと目をみひらいた。

「おれは後悔せぬぞ！」

と、さけんだ。

剣をつきおろし、のどをかき切った。

摂政太子

数日でその年はおわり、新しい年が来たが、その正月一日、早くも法会が行われた。

数年前、物部氏が亡ぼされたあと、馬子は戦闘中に立てた誓願をはたすため、飛鳥に法興寺を建てにかかったが、ちょうどこの頃、地形がおわって建て前にかかっていた。推古天皇はみずからそこに臨んで、先帝崇峻の元年に百済から献上して来た仏舎利を、主柱の礎石の中にこめられたので、さかんな法会が行われたのである。仏教の信仰はもはや一人のさまたげるもののない時代となり、現代に至るまで盛行するのである。

四月十日、厩戸皇子を皇太子に立て、同時に摂政に任命した。

「太子伝暦」は、天皇が、自分は女のことで政治のことはよくわからないと仰せられて、この任命があったと記述しているが、実際は蘇我馬子をふくむ豪族らが太子の賢明を買って、その相談をして、奏請したのであろう。

しかし、単に太子が賢明であるというだけでは、馬子が同意するはずはない。馬子には馬子の事情がある。

彼は大和政権内に自分以上の実力者を存在させたくないのである。政権の主導者は常に自分であり、蘇我氏でありたいと念願している。父稲目以来、執拗深刻に物部氏と闘って、やっと倒したのだ。強い権力者が出て来ては、なんのために努力したか、わからないことになる。天皇家といえども、例外ではない。

「天皇家は政権の精神的首長としてあるべきで、物質的富強は常に蘇我氏より一格か二格おとっていることが望ましい」

と、思っているのであった。

この点、厩戸は抜群に賢明ではあるが、至って温和な性質だ。皇太子となり、摂政となっても、崇峻のように自分を亡ぼそうなどの心を抱くようになるとは、馬子には思われない。

また、馬子は一種のスタイリストだ。必要ならどんな悪辣無残なことでもするくせに、いつも温良で慈悲深い君子人らしいポーズをしていたいのだ。だから、権勢をほしいままにするために女帝を立てていると、世間に思われたくない。この点でも、厩戸を皇太子とし、摂政とすることは、適当と思われたのであった。

ともかくも、厩戸は摂政に任ぜられたのであるが、念のために説明しておかなければならないのは、この時代の摂政は後世の摂政とは違うということである。後世の摂政は国の主権者である天皇にかわって政治を行うのであるが、この時代の天皇は主権者ではないのである。

主権という観念もなかったであろうが、重大な政務は朝廷の構成員である大和豪族や、その付近の豪族らの合議によって決せられていた。従って摂政が天皇にかわって政務をとるといっても、天皇のなすべき祭祀（さいし）を代行したり、豪族会議で決定した事項を実行にうつす命令を出したりするくらいのことしかないわけであった。

その上、蘇我馬子の実力と権力がおそろしく強大だ。摂政太子のやりにくさは一通りのものではなかった。

太子には理想があった。

ずっと前に書いたように、太子は最も幼少の頃から学問に興味を示したという。単に学問といえば、この当時では中国の学問、それも儒学である。

この時代、学問などする者は、上流貴族の中にはほとんどなかった。学問や計数のことが政務上必要であることはいうまでもないが、これは帰化人の仕事として、帰化人にまかせきっていたのである。だのに、太子がこれを熱心に学んだのは、理由がある。

太子は仏法の保護者として有名なので、その方面のことばかり伝えられているが、儒学の研究も随分深いものがあり、それが太子の政治の方向を決定している。仏法の保護者ということに目をくらまされていては、太子の十七条憲法の精神も、従ってその政治理念もわからないはずである。

太子の儒学の師は、博士覚哿（かくが）であったと、「日本書紀」にあるが、どんな人物であったか、明らかでない。恐らく百済（くだら）あたりから貢進（こうしん）した学者の一人であったろう。

こと新しく言うまでもなく、儒学は道徳の学問であり、政治の学問である。深くこれを学ぶにつれて、太子の胸に自然に生じて来たのは、蒙昧の域を脱しない日本にたいする不満であった。また、太子九つの時、中国は久しく興亡あわただしかった六朝六代の時代が過ぎ、隋によってほとんど統一され、十七の時には完全に統一された。

人の知るごとく中国の統一は秦の始皇帝によって行われた。この以前の中国は夏も殷も周も封建制度の国であった。王といっても、天子といっても、封建諸国の共主というだけで、真の統一君主ではなかった。秦に至ってはじめて封建の制度を廃止して郡県の制度となり、真の意味の統一国家となった。始皇帝は皇帝という称号をこしらえて、天下の唯一の主たることを宣言した。秦はごく短く十数年で亡んだが、秦にはじまったこの制度は次の前漢、後漢に継承された。後漢がほろぶと、天下は魏・呉・蜀に三分されたが、皇帝の称号はのこって、三国ともいずれも皇帝を称した。真の皇帝でないことは言うまでもない。皇帝とは天下の主であるべきだが、三国の皇帝はその地域の主たるにとどまったのである。その後中国は南北朝の時代に入り八つの王朝が興亡して、それぞれ皇帝を称したが、いずれも一局部の王たるにとどまった。隋に至って約三百七八十年ぶりに統一され、真の意味の皇帝の統治する国となったのである。

隋は太子の生存中にほろんで、前古未曾有の完備した政治組織を持つ唐になるわけだが、唐朝のその政治組織は唐の代になってにわかに完備したのではない。隋代にあらましは出来ていたのである。

この隋の政治組織のことも、もちろん太子はある程度学び知っていた。太子の胸にある、日本の現状にたいする不満は益々昂ぜざるを得ない。

「人は蒙昧で道義の何たるかを知らず、文化一般は野蛮粗野、政治組織はまるで整っていない。第一、君臣の間の道徳すら確立していない。蘇我氏は専横をきわめ、崇峻帝を暗殺までした。これで国家であるとか、朝廷であるというのは恥かしい次第である」

と考えた。主権が天皇になく、豪族らの合議にあるために、特定の豪族に権力が集中しやすいことも考えたはずである。

この不満は、当然一つの理想を生む。

「人と人との間に見事な道徳があり、君臣の義が確立し、制度文物が完備し、陽春の花園のように文化の花咲きにおう、漢土のような国に、この国をしなければならない」

という理想。

太子がこの理想を持つようになったのは、太子に立てられる以前からであったが、太子になっても急には表わさず、用心深く包んでいた。不用意に見せては、馬子の警戒心を挑発して、ことを破るに違いないと思ったのである。

数年の間は、馬子と相談して、仏法の興隆だけに努力した。

炊屋姫皇太后が推古天皇として即位された翌年の正月一日、天皇がみずから建立中の法興寺に臨んで、金堂の柱の礎石に仏舎利をこめられたことは、すでに書いた。

この年にはまた、四天王寺を改め造りにかかった。玉造の岸上にあったのを、荒陵の東にうつしたのだ。現在の四天王寺の位置である。荒陵は今の茶臼山だ。仁徳天皇が自分の陵として生前営まれたのだが、後に今日のこる百舌鳥（もず）陵を営まれたので、これは荒廃に帰し、荒陵といわれていたのである。

翌年の二月には、三宝（さんぽう）興隆の詔勅を出されて、豪族らに寺院の建立をすすめられたので、人々は争ってそれぞれの氏寺（うじでら）を建てはじめた。

その翌年には不思議なことがあった。三月、土佐の南海の沖合に夜な夜な不思議な光明をはなち、雷鳴のとどろくような響きを立てるものがあらわれた。土佐人らは恐れて近づかなかったが、これが三十日を経て、淡路（あわじ）の南岸に流れついた。大きさ一かかえ、長さ八尺におよぶ巨材であった。

淡路の島民がこれをひろい上げ、薪（たきぎ）としたところ、えもいわれない芳香が立って、遠くまでかおりわたったので、村中の大さわぎとなり、朝廷に献上した。つまり、沈木（じんぼく）（沈水香ともいう）だったのである。

現代なら、南洋の島に生えていた沈木が何かのはずみで倒れて川におち、押し流されて海に浮かび、波濤（はとう）によって損傷されて小さくなりながらもなお漂っているうちに、黒潮に乗って日本に漂着したと判断されるであろうが、この時代の人々にはそんな合理的な思考は出来ない。淡路の人々も、朝廷も、ただ不思議なことと思った。

あたかも、仏法興隆の詔（みことのり）の出された翌年だ。仏教の諸儀式には香が多量に必要だから、これと関連して考えないではいられない。

太子もまた、不思議な因縁とよろこび、推古の前に出て、

「これは沈水香、またの名を栴檀木と申すもので、南天竺の南海の岸に生じます。この木には夏の間には無数の蛇がすき間もなくからみついています。それはこの木が冷えびえとしているので、涼をとるためでありますとか。こんな次第で、夏の間は近づくことも出来ませんので、蛇どもが穴ごもりのためにいなくなる冬を待って伐採するのでございます。

この木は水に長く沈めておけばおくほど芳香が高いので、そうしたものを沈水香といい、沈めること久しくないものを浅香と申すのであります。

かかる貴重なる宝の香木が、不思議にもわが国にまいりましたのは、みかどの仏法興隆のお心に、仏が感応して、漂送して下さったものとしか思われません」

と、奏上した。

太子の説く沈木の説明は、今日の植物学に照せば、もちろん誤っている。しかし、この時代にはこんな神怪談じみた知識が最も進歩したものであったのだ。仏典にも、中国の書物にも、そう書いてあるのだから。

沈木の説明が、現代の科学に照して間違っていようと、歴史には全然関係はない。重大なのは、この事実が日本の仏法興隆の動きにたいして、仏神が感応してこの奇瑞を下し給うたという、太子をふくめてのこの時代の人々の信仰である。仏教の興隆には拍車がかかったのであり、そのさかんになった仏教が、後の歴史にも長く善悪の影響をするのである。

この翌月の五月には、高麗の僧慧慈が渡来して帰化した。

またこの年中に百済の僧慧聡も帰化した。

「この両僧は仏教を宣布して、ともに三宝の棟梁となった」

と、「日本書紀」にある。

仏教はまさしく興隆の波に乗ったのである。

太子は慧慈を師として仏教を学び、戒を受けて勝鬘と法号を称した。

太子の最も好んだ経は、法華経、勝鬘経、維摩経の三つであり、やがて勝鬘経義疏三巻、法華経義疏三巻、維摩経義疏三巻を著述するまでになる。これらは日本人の書いた最古の仏典として現存しているが、最も高度な理解を示すものとして、今日の仏教学者らも驚嘆しているという。現世利益を望んでの信仰は別として、魂の救いをもとめるための信仰の途は、大別して二つある。

一つは無二無三に信ずる途である。霊魂の不滅を信じ、輪廻転生、地獄、極楽寺の存在を古代印度人のように信ずるものには、この途は至って簡単である。死後の安楽を得るためには仏を信ずるよりほかには途はない、仏は信ずる者は必ず救おうとの誓願を立ててお出でだと言われれば、信ぜざるを得ない道理である。

他の一つは哲学的思弁によって、一切空の理を全身全霊をもって納得する途である。これは苦行道である。しかし、知識人はこの途によらざるを得ない。ものを知りすぎているために疑惑が深く、素朴に信ずることが出来ないからである。知識人でも、無二無三の信仰の人もあるが、それは何かの形で思弁を透過しているのだ。易行道の信仰に達するまでの法然や親鸞や一遍を考えてもわかる。

太子のえらんだ途は、この思弁道であった。太子が最もすぐれた知識人であったからである。当時の一般日本人の仏教の受入れ方は、魂を救われることによって安心立命を得ようというような高度なものではなくて、現世利益のためのものであった。信仰すれば病気がなおる、富貴栄達が得られる、財宝に恵まれると考えてのものであったが、太子はまるで違った。最も高い目的のために信仰に入り、ついに前述の著述をするほどになったのだ。その著述が今日においてもなお卓抜なものとあっては、宗教、哲学、文学、芸術等の、精神文化の世界では、天才は万世を独往するものであると言ってよい。

太子が数ある経典の中から、とくに勝鬘経と維摩経と法華経とを敬重して研究したのは、大いに理由のあることであろう。

勝鬘経は、仏陀（ぶつだ）が勝鬘という王妃に教えを説き、王妃が大悟歓喜して、仏を賛美し、自己および衆生を浄化する十誓願を立てた次第を記した経である。必ずや、太子の胸中には推古女帝のことがあって、女帝をして勝鬘王妃のように大悟させ、日本人全部を――豪族も庶民もすべて教化させたいと念願したからに違いない。実際、太子は宮中でこの経と法華経とを、時々講義している。

法華経は、後世の聖武（しょうむ）天皇の最も重んぜられた仁王経や金光明最勝王経とともに、国家鎮護の三部経といわれ、この経を読誦すれば、国家安穏、民栄え、国興るといわれている。太子の意図はおのずから明瞭である。

維摩経は、俗人である維摩居士が仏教の奥義に悟入して、実践に即した大乗仏教を説いたものだ。太子自身、維摩をもって任じていたのであろう。

ここで、前に述べた太子の儒学にたいする傾倒を思い出していただきたい。太子には儒学と仏教から、政治と社会道徳の原理をもとめ出して、未開の域をまだ脱しないわが国を、精神的にも、物質的にも、最も完備した理想国家にしようとの大誓願があったと判断してよいであろう。

翌四年十一月に、飛鳥(あすか)の法興寺が落成した。馬子は長男善徳(ぜんとこ)を寺司にし、慧慈と慧聡の二人を住職にした。この寺は後に元興寺と改められた。

以上のように、この数年はひたすらに仏教興隆のことで過ぎた。太子はその他のことは、馬子をはばかって出来なかったのである。しかし、太子の聡明は常に人をおどろかせた。「法王帝説」によると、太子は一時に八人の訴えを聞き、処置をあやまらなかったので、豊聡八耳尊(とよとやつみみのみこと)という異名がついたという。

この頃、太子は結婚した。

結婚といっても、この時代は一夫多妻である。太子もはじめての結婚ではなかった。第一の妃(きさき)は蘇我馬子の娘刀自古(とじこ)（負古(おうこ)という説あり、習古(いろこ)という説もある）である。

もちろん、これは政略結婚であったが、そうとばかり割切りも出来ない。男女の間ははじめは愛情なくして結婚しても、時が立つ間には愛情の出て来るのが普通である。ともかくも、生涯(しょうがい)に二人の間には四人の子女が生まれるのである。

さて、新しくめとった妃は、膳臣(かしわでのおみ)の娘で、祝君(ほぎぎみ)といった。この膳臣は物部征伐の時の豪族の一人加施夫(かせふ)であろう。

膳氏は阿部氏の別れである。ずっと昔、景行天皇が東国に行幸された時、供奉していた先祖が蛤の膾を作ってさしあげたところ、おほめにあずかってこの名をいただいたと伝承されている。大豪族とはいえないが、相当にさかえていたことは、今日でも天香具山の近くに膳夫という地名がのこっているのをもってもわかる。多分、このあたりが代々の居住地だったのであろう。

この結婚は、太子の恋からはじまる。婚儀の行われたあと、太子が侍者らに、

「まろはずっと豪族らの娘を見て来たが、この祝君が一番気に入ったので、めとることにしたのだ」

といったことが「太子伝暦」に見える。

しかし、結婚に踏み切るまで、太子はよほどに躊躇したにちがいない。

一夫多妻は当時の習慣であるが、正妃である刀自古がこれを喜ばないことは言うまでもない。愛情の始原の形は独占欲である。美術品のようなものでも自分ひとりのものにしたいと思うから、大金を出して買うのである。まして、夫婦の間では、自分だけを愛してほしいと思うのは最も自然な感情である。社会の習慣がどうあろうと、この感情に変りはない。夫の多情を恨みなげき、かなしみ、あだし人を嫉妬した詩歌はいつの時代にも山とある。刀自古のうらむであろうことは目に見えていた。

さらに厄介なのは馬子だ。馬子自身は大いに一般の風習にしたがって、多数の妻を持ち、多数の子女を生ませているが、自分の娘の婿が他に妻を持つことはおもしろくなく思うことは明らかである。その婿が摂政太子であり、やがて次代のみかどになるとあっては、なおさらであろう。

この時代の史書には、権力者のこういう場合の怒りや悪辣さを書いたものはないが、平安朝時代の史書には、天皇からわが娘以外の女性を遠ざけて寵愛させなかった事例が、掃いてすてるほど出ている。この時の馬子もそうでなかったとは思われないのである。

悪くすると国の政治にも支障が出て来る。祝君やその実家の不幸になるおそれもある。

太子はいろいろと迷ったが、どうしても断念することが出来ず、刀自古と馬子との諒解をもとめ、天皇の許しを得て、結婚に漕ぎつけたと思われるのである。

ともかくも、婚儀は行われた。天皇が祝宴を賜い、豪族らや朝廷の官人——女官らに至るまで下されものがあったというから、ずいぶん盛んなものだったのである。

この頃は、太子は皇居（豊浦宮）内の南にある上宮（地勢が高い場所だったからこう言ったのだろうか）にいたが、祝君はそこに迎えられたのである。

刀自古は蘇我氏の島のやかたか、その近くの自分の邸にいたと思われる。それが当時の豪族の娘らの風で、自分の家にいて、夫のかよって来るのを待つのである。夫が天皇や皇太子の場合は、呼ばれた時に夫の御殿に上るのである。

しかし、祝君は、実家が大した豪族でなかったせいか、迎えられて上宮に住むことになった。この祝君はよほどに太子の気に入っていたようである。

この時から十年後のことになるが、太子が祝君に、自分の死ぬ時は、そなたも一緒に死んで、同穴に葬られようと言ったと、「太子伝暦」にある。

いかに愛すればとて、情痴人の痴話めいたことばで、太子ほどの人の言ったこととは思われないのであるが、「伝暦」はこのくだりで、祝君のかしこさぶりと太子の気に入りざまを書いている。祝君は、太子がどこかがかゆいと思うと、言われずして悟って掻(か)いてやり、群臣の中の誰かを召したいと思うと、これまた指図なくして呼びにやった。太子が寒いと感ずればすぐ温くし、暑いと感ずれば涼しくし、何事でも太子の思うところは聞かずして響きのものに応ずるように満(みた)したので、寵愛ますます加わり、同じく死のうとの仰せがあるに至ったのであると記している。祝君がかしこくて、よく太子につかえ、そのために太子の寵愛が尋常でなかったことは、信じてもよかろう。

あるいは、これは刀自古と対照的に眺(なが)めて、ならびなき権力者の娘はあまり従順ではなく、太子は気に入らなかったと見た方が、真をうがっているかも知れない。

あるいはまた、刀自古もはじめは太子にたいしてずいぶん気をつけ、深い愛情をそそいだのだが、太子の祝君にたいする寵愛があまりに深いので、平静な心でおられなくなり、会えばいやみを言うようになり、そのために太子の心は益々祝君に傾き、それがまた刀自古を刺戟(しげき)するという悪循環になったのかも知れない。

男女の愛情の問題はまことに複雑で、むずかしいものだ。太子ほどの人もあまりかしこく立ちまわったとは言えない。つまり、このことには天才はないという結論になるのかも知れない。

それはさておき、祝君をめとった翌月のこととして、「伝暦」はおもしろい話を伝えている。

「夏四月、太子が近臣に命じて駿馬(しゅんめ)をもとめさせたので、諸国に命を伝えて、馬を献上させた」

というのが書出しであるが、これはそうではあるまい。

太子の牧場は、今の京都府の伏見の深草にあった。これは帰化人秦氏の首長、秦河勝が献上したのである。

秦氏はずっと昔日本に帰化した中国系の民で、秦の始皇帝の末孫であると自称していたことや、一部の歴史学者の間に、ユダヤ人が長い年代かかって中国にたどりつき、その後、朝鮮を経由して日本に入って来たのではなかろうかと説く人のあることは、前に説明した。

蘇我氏との結びつきは相当密接なものがあり、蘇我氏の田どころの支配人の格で全国に散らばっている。現代でも、曾我、宗我、蘇我などという地名の近くには、ほとんど必ず秦、畑、波多、幡多等の地名の土地がある。土佐の長宗我部氏は本姓は秦であるといい、幡多郡などという郡もある。神奈川県には曾我兄弟の出身地である曾我の近くに大秦野という土地がある。読者諸君が周囲の土地を見まわされるのも一興であろう。

今の京都府のうち山城・丹波は、この頃秦氏がとくに多く、秦氏の植民地の観があった。現代でも京都府には畑という名字が多いのである。元来、伏見の稲荷神社は秦氏の氏神、京都市西部の太秦寺(広隆寺)は氏寺として建てられたものである。

秦河勝はこの秦氏の首長で、蘇我氏にも親近していたが、太子にも親近して、その舎人となっていた。

この河勝が、深草に牧場をひらき、太子に献上し、管理していたのだから、ここには以前から諸国から献上された馬が牧養されていたはずである。だから、太子は河勝の許に使いを出し、駿馬をすぐって連れて来いという命令を伝えさせられたと思われるのである。

河勝は自ら十数頭の駿馬をひいて来た。皆それぞれに見事な馬だ。

太子は上宮の庭でこれを検分したが、最も気に入ったのは、うるしを流したように真黒で、四脚だけが膝(ひざ)から下の白い馬であった。たくましいからだはかがやくような毛に蔽(おお)われ、双眼が澄みかがやき、いかにも怜悧(れいり)そうで、精気にあふれて見える。

太子がそれを凝視しておられると、太子のわきにひざまずいていた河勝が、

「これは甲斐(かい)の国から献上したものでございます。あの国には黒駒(くろこま)と申す牧(まき)がございまして、昔から黒い駿馬を多く産することで聞こえています。すでに雄略(ゆうりゃく)天皇の時にも、全身黒く、尾髪だけが雪のように白い駿馬を献上したことがある由(よし)に聞いていますが、これはそれにもおとるまじき駿馬であるとて、昨年献上してまいったのでございます」

と、説明した。

太子はなお凝視して、

「これは神馬とも申すべき馬だ。他の馬も皆それぞれによいが、これはとくに秀でている」

といって、他の馬はまた牧場に引かせてやり、その馬だけを厩舎にとどめて、乗馬としての調教をさせることにした。

調教は、舎人の調(つき)ノ麻呂(まろ)がうけたまわることになった。調氏は百済からの帰化人であるが、そのずっと先祖は中国人であるという。日本への帰化は久しく、朝鮮で捕虜になった時、義を守って壮烈な死をとげた調ノ伊企難(いきな)などという烈士も出ている。

麻呂は熱心に調教すること数月、九月になると、乗るにたえるようになったので、太子に報告

した。

太子は乗馬の用意をして庭に出てまたがり、数歩あるいたかと思うと、馬は空(くう)に浮かんだ。あれよという間もない。馬の一歩ごとに高く空中に浮き上り、尾髪がなびき、次第に高くなり、やがて馬首を東に転じて、翔(かけ)り去るのである。

人々はおどろきあきれ、さわいだ。

ただ、麻呂だけは馬の右側にいて、地上にあって走るように、左右の足を交互に動かしながら飛んで行くのである。

やがて、馬も、太子も、麻呂も、次第に遠く小さくなり、やがて雲の間にとけこんでしまった。

三日の後、太子はまた空を飛んで帰って来て、地上におり立った。少しもふだんと変るところのない様子である。よろこび迎える人々に、太子は、

「まろはこの馬に乗って、雲をふみ、霧をしのいで、飛び行くうちに、富士山のいただきに達したので、しばらく休んだ後、方向をかえて信濃(しなの)の国に行った。まことに速いことで、雷電のようであった。遠く越後(えちご)、越中(えっちゅう)、越前(えちぜん)の国々の境をきわめて、飛びかえったのである」

と説明し、麻呂をふりかえって、

「麻呂よ。そなたはさぞ大儀なことであったろうのに、少しもおくれず、ついて走った。まことに忠義なものである」

とねぎらった。

麻呂は拝謝し、人々に、

「わしは何で飛べたのか、わからん。普通に走っただけであった。気持も、陸地を走るのと少しもかわらなんだ。自分では少しも飛んでいる気はせなんだ。ただ、山々がはるかに下の方に見えるので、オヤマア、おれとんどるのやなと、わかった次第や」

と語ったという。

太子が甲斐産の黒馬を愛して、いつもこれに乗っていたという話は有名であり、今日法隆寺に行っても、厩をこしらえて柵内(さくない)に黒馬の木像がおいてあるほどだ。だから、こんな伝説が作られたのであろう。有名な伝説であり、昔から文学などにもなっているから、日本人の精神的遺産として知っておいた方がよいと思うから、書いた。

あるいは、太子の人がらからは考えられないことではあるが、これは太子が催眠術応用の奇術を行なったのかも知れない。こういう奇術は現代でもあるが、昔も「幻術」「めくらまし」などという名で行われたのである。もちろん、大陸から輸入されたものである。

大和政権の朝鮮における基地は失われて、半島諸国にたいする支配力は大いに弱化はしていたが、それでも形の上では宗主国であり、時々百済や新羅(しらぎ)から進貢があった。

推古八年、任那(みまな)から急使が来た。

「新羅が連年兵を加えて圧迫してやまないので、われわれはついに抗戦に立上ったが、敵の勢いが強く、苦戦している。願わくは御援助いただきたい」

形式だけにもせよ、三韓は日本の属国だ。その騒乱を鎮めるのは日本のつとめだ。まして、ここにおける支配力を回復することは、欽明天皇以来の懸案だ。出兵することになり、境部臣麻真勢と穂積臣某とを将軍としてつかわすことになった。

二人は九州で一万余の兵を徴し、船支度して、真直ぐに新羅を目ざしたが、上陸するや、電撃のごとく五城を抜いた。城は現在の日本の概念にある城ではない。城の本義は城壁である。万里の長城などがそれである。だから、ここの城は城壁にかこまれた都邑や村落のことである。

すさまじい日本軍の勢いに、新羅王は恐れて、みずから白旗をかかげて日本軍の本営に来て、六城を割譲するという条件で、降伏を申し入れた。

将軍らは一先ず休戦し、事情を報告して指揮を仰いだ。大和では降伏を許すことにした。

新羅は使者を大和につかわし、

「わたくし共の尊ぶところは、天上の神、地上の天皇以外にはありません。今日以後は、船の舵の乾く間もなく、年毎に貢進をいたすでありましょう」

と誓言した。

派遣軍の将軍らは、新羅と任那との国境を定めて帰国した。

この年はこんなことで暮れて、新しい年となった。推古九年である。その二月、太子は斑鳩に宮殿を営んだ。この宮殿は法隆寺の東殿であるという説があり、法隆寺の東方六百メートルほどの、現在神屋といっているあたりであるという説があり、定説がない。

斑鳩は大和盆地の西隅である。盆地の東南隅にある飛鳥とはずいぶん離れている。直線距離でも十七、八キロあるが、当時は盆地の中央部のかなりの範囲は沼や芦荻に蔽われた湿地帯だったから、当然迂回しなければならない。ずいぶん遠かったことであろう。

この斑鳩地方は、物部氏の根拠地であった安堵にごく近接している。物部氏の所領の一部であったのであろう。所領といっても、水田耕作の出来る土地なら、物部氏の田荘として両分されて、四天王寺と蘇我氏のものになったはずだが、ここは山つづきの高隆の土地で、水田には適せず、打ちすてられていたのであろう。

ここに宮殿を営んだからとて、政務があるのだから、ここに居り切りではなく、上宮と半々くらいにいて、その間の往来は、あの甲斐の黒駒に騎ったのであろう。われわれは数名の従者を従えて、四脚の白い、純黒な黒馬にまたがった太子が、田間の道や、片側が湿地帯にのぞんだ道や、山べの道をぽこぽこと行く姿を想像してよいであろう。

この宮の造営がはじまって間もなく、任那の急使が来た。

「昨年、日本の将軍らが引上げて行って間もなく、また新羅は侵略をはじめました。御援助いただきたい」

というのである。

去年の新羅の降伏は、謀略だったわけだ。今の鋭い鋒先さえかわせば、あとはまた何とかなる、日本は海をへだてて懸軍万里、度々来られるはずはないというのであったことは明らかであるが、当時の新羅は興隆の気にみちている。エネルギーの発するところ、こうなるのは自然だったとも言えよう。

任那の訴えにより、大和政権では早速に征新羅軍を送ることに決議したが、去年出征してまた今年では急に運びかねたので、とりあえず坂本ノ糠手を百済に、大伴ノ囓を高麗につかわし、急ぎ両国が任那救援の兵を出すように命じた。高麗は昔の高句麗である。

しかし、百済も高麗も出兵した模様はない。百済は新羅の強勢をはばかったのだろうし、高麗は日本に臣属していないのだから、自分に関係のないことに手を出す必要はないと思ったのであろう。

だが、新羅としては、日本が出兵に踏み切るかどうか、案ぜざるを得ない。加摩多という者をスパイとしてつかわしたところ、対馬で発見されて大和に送って来たので、大和では関東の上野国に流した。

翌推古十年、用明の皇子で、厩戸の同母弟である久米皇子が、征新羅将軍に任命されて出発した。

久米皇子は筑紫で、兵の徴集と渡海の船支度にかかった。その頃、大伴ノ囓と坂本ノ糠手とが帰って来て、半島の形勢をくわしく久米に語った。百済と高麗の冷淡に、久米は切歯した。

囓と糠手とはすぐ大和にむかった。

久米はやがて準備がととのったので、不日に出発しようと心組んでいると、病気になり、次第に重態となった。

この知らせに、大和で皆が胸をいためている時、百済から観勒という僧が来て、暦本、天文・地理の書、遁甲・方術の書を献上した。

遁甲は隠身術で、後世の忍術はこれから出ていると、滝川政次郎博士は言っている。方術は医・卜・天文等の技術のことを言う。医術は別として、方術における天文は普通の天文ではない。古代印度の天文学で、占卜の術を加味したものだ。われわれが演義三国志や講談の真田幸村伝や由井正雪伝で見る、望気の術、地上の国や人間の運命は天象に反映するという、あの天文である。迷信的なものではあるが、この時代ではりっぱな学問として知識人にも信用されていたのである。またここの卜術も、太占や筮とはちがう。五行宿曜の術で、やはり古代印度の天文学の影響を受けたうらない法で、そのなごりは現代の九星術にのこっている。

観勒の来朝とそのもたらした書物のことを、こんなにくわしく説明したのは、これが後年の太子の日本歴史の編纂、ひいては現代の日本紀元の問題、さらに建国記念日の問題に、重要な関係があるからである。

年が明けて二月末、久米皇子の死を筑紫から急報して来た。人々のおどろき、なかにも同母兄である太子のかなしみは一方でない。使者をつかわして葬儀を営ませ、遺骸は後に引きとって河内に葬った。

四月、当麻皇子を将軍に任命した。太子や久米皇子の異母兄弟にあたる人である。当麻は妻の舎人姫王を同道して、征途に上った。この時代は妻を連れて征戦に行くのは普通のことであった。

ところが、播磨まで行った時、舎人姫王が病気になって死んだので、当麻は悲しみにたえず、引きかえしてしまった。これで新羅征伐は中止になり、任那は見殺しにされたのである。

この頃の日本人の祖国にたいする忠誠心のないこと、この通りであるが、それは日本人に国家という観念が稀薄であったからであり、さらに言えば、日本そのものがとうてい国家とはいえないほど未熟な段階にあったからである。

国家として最も進歩完備している中国を、書物で読み、人の話を聞いて、渇望している太子が、不満を感じ、あせりを感じていたはずである。

こんな太子であるから、任那救援軍の派遣をはかなく中止しなければならなかったことは、最も強い衝撃となった。もはや、馬子をはばかってばかりはおられないと思った。

九月のある日、太子は島のやかたを訪れた。

馬子はおどろいて出迎え、客殿に案内した。

「恐縮でございます。わざわざお運び下されまして、光栄ではございますが、ご用ならば、お使いを賜われば早速に参りましたのに」

「いやいや、用は用として、久方ぶりにここの庭を見たいと思ったのでな。ここの庭は四季いずれもよいが、秋はまた格別によいのでな」

「恐れ入ります。それでは」

馬子は恐懼の色を見せつづけながら、案内に立った。

太子は終始きげんよく、紅葉した木立の間を歩き、池の周囲をまわって、秋色をめでてから、客殿にかえって来た。

そこにはもう酒肴の支度がしてあって、美しく化粧した刀自古が侍女らを従えて待っていた。

「おやおや、これは造作をかけることだな」

太子は笑って馬子に会釈してから、刀自古の方を向いた。やはり微笑しながら言う。

「今日は大臣に用があってまいったので、残念ながらそなたと遊んでおられぬ。しかし、なるべく早くすませて帰る故、そなたは上宮へ行っていてくれるよう」

ならびない権勢家の娘を妻にしていては、太子も骨のおれることである。あちらをつくろい、こちらをつくろってでなければ、ことを運ぶことは出来ないのである。

刀自古はよろこんで、侍女らを連れて立去った。

そのあとで、太子は馬子に言う。

「さて、用談にかかろう。これが今日来た第一の用件だからな。ハハ」

くだけた、軽い調子である。

「よほど大事な御用件と見えますな」

馬子も微笑しながら受けたが、心中大いに警戒する。

「大事でないことはないが、さほどむずかしいことではない。冠位というものを定めたいので、同意していただきたいと思うてな」

「クワンイ？　クワンイ？　それはどういうもので？……」

相手がほとんど文字を知らないのだから、文字による説明は出来ない。冠はカンムリ、位はクライ。位を定め、位に相当する冠を規定し、儀式の時などに着用させて、位の等級に応じて待遇するのだと説明する。

これだけでは、まだ馬子にはのみこめない。何のためにそんなものが必要なのだと問いかけた。

「この国には、家柄の尊卑と職掌を示すものとして、カバネ（姓・尸などの文字をあてるが、仮名書きするのが一番無理がない）があるが、今日ではそれでは追いつかなくなっている。たとえば、おことの家の部民である鞍作ノ鳥などは、祖父の司馬達等以来、寺造りや仏造りに大功を積んでいるが、そのカバネは直でしかない。さればといって、帰化人の子孫であるものを、臣や連にすることも出来ぬ。そこで、カバネとは関係なく、別に位をつくったらどうであろうと考えたわけだ。いかがであろうな」

よい工夫のように、馬子には思われた。

中国の文化が、あるいは韓半島を経由して、あるいは中国から直接に、日本に入って来るのは、ずいぶん古くからのことであるが、仏教の禁断がとけてからは特にすさまじい。造仏・造寺・染織等はいうまでもなく、灌漑のための用水池の構築等もさかんになって、従来荒蕪地として打捨てられていた土地も美田となり、農業生産の向上も飛躍的だ。

この技術者らに、功績にふさわしい待遇をあたえることは、必要なことに違いなかった。その上、技術者らは全部帰化人であり、ほとんどが家の部民だ。その者共が高い位の人になることは、蘇我家の繁栄にもなるのである。

「結構なお考えでございます。しかし、もっとくわしくお聞かせ願います」

という馬子に、太子は位は十二階にわかち、冠はそれぞれに色でわけるのだと説明した。

「結構でございます。異存はございません。しかし、その人選には手前もあずからせていただけるのでございましょうね」

「もちろんのことだ。人選はわれら二人でそれぞれにして、持ちよって詮議することにしようではないか。結果はほとんど重なり合うことになろうが」

話がすんで、軽く一酌して、太子は立ち上り、笑って言う。

「今日はこれでお暇したい。刀自古が待ちわびているであろうでな」

「おなごと申すものは……」

と、馬子も笑った。きげんがよいのである。

島のやかたを出て、飛鳥川沿いの道を黒駒に騎って下る。このへん、飛鳥川は深い谷になって流れ、道はその崖の上をだらだらとした下りになっている。夕日のかっとさしている中を、ぽくぽくと馬を歩かせながら、太子の胸には、

(うまく行った)

という安堵があった。

冠位の制度については、太子には最も大きな意図がある。

太子は隋帝国を理想の国と思っている。

「あの国は皇帝が全権を持っている統一国家である。天下の土地人民は公地公民であり、全国は郡県に分れて、中央派遣の官吏が治めている。廷臣や官吏は皆試験によって採用し、功績によって昇進する。制度がこのように完備していればこそ、仏法をはじめさまざまな文化の花が繚乱として咲きそろい、この世ながらの極楽浄土のような国になっている」

というのが、太子の隋にたいする考えだ。隋だとて、理想国ではない。前古未曾有の完備した

制度をつくり上げた唐の先規をなしたのだから、見事でないとはいえないが、やはり人間の世界だ、五濁渦巻く不浄世界であることはまぬかれない。しかし、遠く離れて、限られた書籍や人の話だけを頼りにして研究している太子には、その現実はわからない。理想化され、美化されて考えられるのである。

この隋にくらべて、日本は？

「豪族らは、中央豪族も地方豪族も、それぞれに部曲、部民、田荘を私有している。つまり、日本はこれらの豪族らの寄合所帯なのである。とうてい国家といえないほど未進歩なものだ。任那派遣軍のうやむやな中止なども、こんな国だからおこるのだ。どうしても、隋帝国のような統一国家になる必要がある」

と、太子は思わずにはいられない。

そのためには、いろいろなことをしなければならないが、最も根本的なことは一つだ。

「豪族らの権力を削り、その土地その人民を国のものにすること」

これだ。天皇を皇帝的な全権力の主にすることはもちろん最も大事なことであるが、手段としては、このことが出来れば、それは自然にそうなる。

しかし、これは容易に出来ることではない。おそろしい抵抗がおこるにきまっている。馬子はいうまでもなく、全豪族が、中央と地方とを問わず、総立ちになって抵抗するに相違ない。

そこで考えたのが、この冠位の制度だ。世がかわって来て、これまでは考えられもしなかった新奇なことで功を立てるものが続出しているのだから、これを優待する制度を立てることは当然である、反対する者はないはずであると、太子は考えたのであった。

　この制度が行われるうちには、旧来のカバネは無力となり、豪族らの力は弱まって来、やがて土地人民を公収する時が来るはずというのが、太子の真の意図であった。

　位は徳、仁、礼、信、義、智を、それぞれ大小にわけて十二階として、冠はアシギヌ（太織の絹）でつくり、色は紫、青、赤、黄、白、黒の六種とし、大小は濃淡でわけるのである。

大徳（濃紫）　大仁（濃青）　大礼（濃赤）
小徳（薄紫）　小仁（薄青）　小礼（薄赤）
大信（濃黄）　大義（純白）　大智（濃黒）
小信（薄黄）　小義（薄暗）　小智（薄黒）

太子は馬子と合議して人選にかかったが、何よりも馬子のおどろいたのは、太子が馬子に最上の大徳を受けるようにと言ったことであった。

「ほう、てまえもですか」

と、目をまるくした。彼はこの制度の対象になるのは帰化人だけであると思いこんでいたのである。

「そうだ。受けてくれなければならない。そなたが受けてこそ、この位は重みがつく。もし人々がこれをありがたく思わないなら、はじめた意味がない」

　この制度によって、やがてカバネを無力化し、豪族らの力を崩壊させるのが、太子の究極の目的だ。馬子をはじめ目ぼしい豪族を全部入れなければ、効果はない。

さすがの馬子も、この深い心は読みとれない。

「それはそうでございますな」

と、受けることにした。

あとはもう面倒はない。皇族、豪族、官僚、その他の人々を、才能と勲功によって、序列した。過渡期であるから、家柄や身分を全然無視するわけには行かないので、参考程度にはした。多数の帰化人が叙位されたが、その中で鞍作ノ鳥（鳥仏師）が最上で、第三位の大仁に叙せられた。冠の色は濃青。

新しい年の元日、年賀の儀式の席上で発表され、それぞれに叙位賜冠された。「群臣大いに悦ぶ」と、「太子伝暦」にある。現代の勲章は実用価値としては、宮中席次を示すくらいのことだが、それでもよろこばれる。位冠は位を示し、宮中席次を示し、相当する尊敬がはらわれるのだ。旧軍隊の肩章のようなものだ。群臣大いに悦んだはずである。

四月三日、憲法を出した。

文字は同じであるが、この憲法の意味は現代とは違う。官職を受けている豪族（卿）や官僚の守るべき教えという意味である。全部で十七条あり、各条が道徳的教訓である。

ここで全文をあげることは、読者諸賢の倦怠を招くから、避けて、章末にあげることにする。こんな憲法であるから、各条皆訓戒で、「仲よくせよ」「勤勉なれ」「賄賂を貪るな」などとあるわけだが、その下に必ず、なぜ仲よくしなければならないか、仲よくしなければどういう結果になるかと、噛んでふくめるように親切に説明してある。

ところが、その説明の中に、

「君は則ち天、臣は則ち地。天覆ひ地載せて、四時順行し、万気通ずるを得。地天をくつがえさんとする時は、則ち壊を致さんのみ」

「君臣礼あれば、位次乱れず」

「君に忠なく、民に信なきは、これ大乱の本なり」

「国に二君なく、民に両主なし。率土の兆民、王をもつて主となす」

などの文句がある。つまり、十七条憲法全体の底を流れるものは、君臣の分を明らかにすることによって、天皇の尊厳を語り、日本を統一国家にしようとの意図である。

仏教的なことは意外なくらい少い。二条目に「篤く三宝を敬へ」のくだりがあるだけである。つまり、憲法全体は、儒教の大義名分の思想と、中国式の統一国家の理念とでつらぬかれて、仏教思想は補助的なものになっている。

布告に至るまでも、太子はこれを馬子に見せて同意させたのだろうが、この時代には、漢文を読むのに訓読する方法はまだ考案されていなかった。今日我々が英文や仏文を読むように棒読みにしたのである。だから、馬子には真の意味はわからなかったろうと思う。

馬子がわからないなら、他の人々も真の意図は読みとれないはずだが、太子はそれでもよいと思ったろう。

「当分のところは、表面の服務心得だけわかっていればよい。追々学問がひらけてくれば、中心の意味もわかるようになる」

と、教育のつもりであったろう。

十七条憲法（原漢文）

一、和をもつて貴しとなし、忤ふことなきを宗と為せ。人皆な党あり。また達れる者少し。ここをもつてあるひは君父に順はず。また隣里に違ふ。然れども上和し、下睦みて、事を論ずるに諧へば、事理自ら通ず。何事か成らざらん。

二、篤く三宝を敬へ。三宝とは仏法僧なり。則ち四生の終帰、万国の極宗なり。何の世か、何の人か、この法を貴ばざらん。人はなはだ悪しき者は鮮し。能く教ふれば之を従はしむ。それ三宝に帰するにあらずんば、何をもつて枉るを直さん。

三、詔を承けては必ず謹め、君は則ち天、臣は則ち地なり。天覆ひ地載せて、四時順行し、万気通ずるを得るなり。地天を覆へさんと欲する時は、則ち壊を致さんのみ。ここを以て君言ひて臣承け、上行ひて下靡くとす。故に詔を承けては必ず慎め。謹まずんば自ら敗れむ。

四、群卿百寮（豪族・百官）、礼を以て本と為せ。それ民を治むるの本は、要は礼にあり。上礼ならざれば下斉はず、下礼なければ必ず罪あり。ここを以て君臣礼あれば位次乱れず、百姓（人民）礼あれば国家自ら治まる。

五、餮を絶ち欲を棄て（財利を貪る念を絶ちての意）、明らかに訴訟を弁ぜよ。それ百姓の訟へは一日に千事あり。一日すらなほしかり。いはんや歳を累ぬるをや。頃訟へを治する者、利を得るを常と為し、賄（まひなひ）を見て讞（ことわり）を聴き、すなはち財あるものの訟へは石をもつて水に投ずる如く（早く処理するの意）、乏しき者の訟へは水をもつて石に投ずるに似たりといふ。ここを以て貧民は則ち由（よ）る所を知らず。臣道またここに闕（か）く。

六、悪を懲（こら）し善を勧（すす）むるは古（いにしへ）の良典なり。ここを以て人の善を匿（かく）すなく、悪を見ては必ず匡（ただ）せよ。それ諂（へつら）ひ詐（あざむ）く者は、則ち国家を覆（くつが）へすの利器たり。人民を絶つの鋒剣（ほうけん）たり。また佞媚（ねいび）する者は上に対しては則ち下の過（あやま）ちを説くを好み、下に逢（あ）ひては則ち上の失を誹謗（ひぼう）す。それかくの如きの人は皆君に忠なく、民に仁無し。これ大乱の本なり。

七、人各々任あり。掌（つかさど）るところ濫（みだ）らざるべし。それ賢哲官に任ずれば頌音（しょうおん）則ち起こり、奸者（かんじゃ）官を有（たも）つ時は禍乱則ち繁し。世に生まれながらにして知るもの少し。克（よ）く念（ねが）ひて聖となるなり。事大少となく、人を得れば必ず治まり、時急緩となく、賢に遇（あ）へば自ら寛（ゆたか）となる。これによつて国家永久にして、社稷（しゃしょく）危ふからず。故に古の聖王は官を為（つく）りて以て人を求め、人のために官を求めず。

八、群卿百寮、早く朝（てう）し晏（おそ）く退け。公事いとまなし。日を終るも尽し難し。ここを以て遅く朝すれば急に逮（およ）ばず、早く退けば必ず事尽さず。

九、信はこれ義の本なり。毎事に信あるべし。それ善悪成敗、かならず信に在り。群臣共に信あらば何事か成らざらん。群臣信無ければ万事悉（ことごと）く敗る。

十、忿（いかり）を絶ち瞋（いかり）を棄て（忿は心の怒り、瞋は怒りの表情に表れたるなり）、人の違（たが）ふを怒らざれ。人皆心あり。心に各々執（と）るところあり。彼（か）れ是（ぜ）ならば我（われ）非、我是なれば彼非なれども、我必ずしも聖にあらず、彼必ずしも愚にあらず。共にこれ凡夫のみ。是非の理、たれか能く定むるものぞ。相共に賢なり愚なり。鐶の端なきが如し。ここをもつて彼の人瞋といへども、還つて我が失あらんことを恐れよ。我独り得たりといへども、衆に従つて同じくおこなへよ。

十一、功過を明察して、賞罰必ず当らしめよ。この頃賞ある功にあらず、罪あるも罪に在らずといふ。事を執る群卿、よろしく賞罰を明らかにすべし。

十二、国司・国造、百姓に斂するなかれ。国に二君なく、民に両主なし。率土の兆民、王をもつて主となす。任ずる所の官司も皆これ王の臣なり。何ぞ敢て公（朝廷）とひとしく百姓に賦斂せん。

十三、諸の官に任ずる者、みな職業を知れ。或は病ひにて、或は使ひにて、事を闕くこともあらん。然れども知るを得るの日には、和すること曾て識れる如くせよ。それ与り聞かずといひて、公務を妨ぐるなかれ。

十四、群臣・百寮、嫉妬あることなかれ。我すでに人を嫉めば、人また我を嫉む。ここをもつて五百歳の後、乃今賢には遇ふとも、千載にして以て一の聖を待つこと難し（五百年には一賢人くらいには逢うことが出来るかも知れないが、聖人には千年待っても逢えないぞの意。五百年に一賢出で、千年に一聖出づるという中国の信仰がある。それを踏まえて言っているのである）。それ聖賢を得ざれば、何を以てか国を治めん。

十五、私に背いて公けに向ふは、これ臣の道なり。凡そ人私（エゴイズム）あれば必ず恨みあり。憾あれば必ず同ぜず。同ぜざれば則ち私を以て公けを妨ぐ。憾み起これば則ち制に違ひ法を害す。故に初章に、上下和諧せよといふは、それまたこの情(こころ)なるかな。

十六、民を使ふに時をもつてするは古の良典なり。故に冬月には間(ひま)あれば以て民を使ふべく、春より秋に至るまでは農桑(のうそう)の節なれば民を使ふべからず。それ農あらざれば何をか食らはむ。桑せずんば何をか服せん。

十七、大事は独断すべからず。必ず衆とともに論ずべし。小事はこれ軽し、必ずしも衆とすべからず。唯(ただ)大事を論ずにおよんでは、若(も)し失(あやま)ちあらんことを疑ふ。故に衆と相弁ず。辞則ち理を得ればなり。

日出づる国

太子が摂政になって、早くも十五年たった。

日本はあらゆる面で、飛躍的に進歩した。仏教の隆盛によって、建築も美術も工芸も大進歩した。風俗上でも、人々の服装や礼法は見ちがえるほど美しくなった。生産も向上した。大和(やまと)や山城や河内(かわち)に多数構築された用水池によって、水田面積が大増加したのだ。これらは皆太子の奨励と指導によったのだ。

太子としては、

「これは皆中国の文化と技術を使って出来たのだ」

と思わないわけには行かない。

太子の中国への志向は益々(ますます)強くなった。それにつけても、中国の政治のしくみをくわしく知りたい。

ついに、遣隋使(けんずいし)派遣に踏み切る。もちろん、蘇我馬子(そがのうまこ)の同意を得、推古(すいこ)天皇の許しを得てだ。

誰を使節にするか、ずいぶん考えた。身分も相当高いものでなければならない。それは相手国にたいする礼儀だ。かしこくなければならないことは言うまでもないが、かしこいだけではいけない。学問の本場に行くのだから、相当学問もなければならない。容貌風采もりっぱである必要がある。でなければ、日本人全体が醜悪であると考えられる恐れがある。

こうして選ばれたのは、小野妹子という人物であった。江州志賀郡小野の豪族である。大豪族ではないが、冠位は大礼で、才学もある。なによりも容貌が秀麗である。

通訳には鞍作福利を選んだ。現在の大阪市の平野からちょっと東に行ったあたりに鞍作という町があるが、そこに住んでいた鞍作氏の一員である。大仁の冠位に叙せられた鳥仏師もその一族である。

鞍作氏は司馬達等の子孫である。孫にあたる鳥がまだ健在なのだから、司馬達等がこの国に来てからそう久しく経っているわけではない。一族には中国語の出来る者が相当いたのである。司馬達等は南朝梁の民だったのだから、その中国語は長江中部（今の湖北省あたり）のことばであったはずである。

太子はこの使節に多数の留学僧をつけてやることにして、その人選もした。数十人であったと、隋書「倭国伝」にある。「日本書紀」には留学僧のことすら出ていない。当時の日本人の史才のなさを語るものといえる。

準備はととのったが、大事なことが今一つのこっていた。使者らに、

「礼儀は十分に重んじなければならないが、決して卑屈になってはならない。独立国たる日本の

使節として、堂々とふるまうように」

と、言いふくめることである。

一体、日本が中国に使節をおくったのは、この時がはじめてではない。日本側の史書には、雄略天皇が二人の帰化人を南朝の宋につかわして織工をもとめたという記事があるだけであるが、中国側の史書にはずいぶんある。最も古いのは、「後漢書」にある。光武帝の時、倭の一王が使いをよこして朝貢したので、光武は印綬を授けたとあるのだ。この時もらった金印と推定されるものが、江戸時代に博多湾口の志賀島から発見されて、現在でも黒田前侯爵家に所蔵されていることは、史学上有名である。この倭の一王は北九州地方の豪族で、ヤマト朝廷の天皇ではなかったのであるが、その後に、明らかに天皇としか思われない人々が、臣称して中国の朝廷に朝貢している。

宋書と梁書に、讃、弥（珍）、済、興、武の五王が臣称朝貢している記事があるのである。この五王が何天皇にあたるか、後世の学者らがいろいろ考えて、讃は応神か、仁徳か、履仲であり、弥（珍）は仁徳か反正であり、済は允恭、興は安康、武は雄略であろうと言っている。

中国は自尊自大のはなはだしい国で、臣称朝貢の形でなければ、その文化を学ぶことを許さなかったため、仕方がなかったのであろうが、それでも臣称は臣称である。

太子の好学は、この頃では史学にも興味を持ち、中国の史書を読むかたわら、日本の歴史も、記録になっている分はもとよりのこと、天皇家や諸家の語部の口誦なども記録させて読んでいて、これらの事実を知っている。

「こんな屈辱的な外交はしたくない」

と、きびしく決心しているのであった。

太子はみずから筆をとって、国書を草した。

向うは先進の大国、こちらは未開の小国だ、指導してもらわなければならないことだらけである。いわば師であるが、卑屈になってはならない。独立国たる誇りを保ちながら、先方に好意を持たせる国書でなければならない。

こうして出来上ったのが、

「日出(い)づる処(ところ)の天子、書を日没する処の天子に致す。恙(つつが)なきや」

という堂々たる書出しにはじまる、あの国書である。

「日本天皇は、皇帝が仏教を信じ、これを奨励興隆し、菩薩(ぼさつ)の行いをなしていると、はるかに聞いて、心から敬慕し、この使いをつかわすのである。皇帝幸いにわれをもって海隅の小国とせず、使者を引いて謁(えつ)を賜い、教諭をおしまれざらんことを。寸紙意をつくさず、万事は使者から申し上げるであろう」

というのが、その大意であった。

太子はこれを馬子と天皇に見せて同意を得た後、史(ふひと)にわたして清書させた。

また小野妹子と鞍作福利とを呼んで、使者としての心得について、こんこんと教諭した。

「中国は漢朝がほろんで、三国鼎立(ていりつ)の姿になってから、国土分裂して、王朝のかわること数十、その中に異民族の王朝もあって、中国はじまって以来の未曾有(みぞう)の乱世であること三百年に近かった。隋はこれを統一して善政をしき、今や国富み兵強く、さまざまな文化の花が春の野のように咲きそろっているという。そこへ、そなたらは行くのだ。

人間は、最もさかんなものを目の前に見れば、心がおじけ、拝跪したくなるものだ。自然の情だ。偉大なもの、よいもの、美しいものを見て、そうでないようなら、その人には進歩はない。それは学ぶということのはじまりだからだ。

しかしながら、この国の使いとして、この国を代表して行くのだ。すなおに感嘆讃美はしても、卑屈であってはならない。さりとて、傲慢ではならぬ。それはまた礼儀をわきまえない野蛮人のふるまいとして、国の恥となる。

せんずるところ、誇りを心に抱き、礼儀によってこれをととのえ、堂々と、また美しくふるまってほしいのだ。聞きわけてもらいたい」

二人はつつしんで聞き、かたく誓った。

留学僧一同にも、訓戒した。

さかんな送別の宴が行われ、推古天皇十五年（六〇七年）七月三日、遣隋使一行は大和を出て、難波の津にむかい、日ならず乗船して西にむかった。

次の奈良朝時代になると、日本から中国へ行くコースには、九州地方から支那海を一気に横断する海路もひらけたが、この頃の船と航海術では、それはまだ出来なかった。北九州の博多や松浦半島から、壱岐、対馬、巨済島と、島伝いに朝鮮半島の南端にたどりつき、半島の西岸に沿って、いく度も島や陸に立ち寄りながら北上して遼東半島に行き、こんどはその半島の南岸沿いに今の旅順のあたりまで行き、そこから渤海湾口を横断して、山東半島につき、上陸して陸路をとって長安へ向うのであった。

妹子らは途中海難もなく、山東に到着した。

山東の地方官は妹子らに応接して、日本からの朝貢使であると判定した。朝貢使ではなく、対等の国交を結ぶための使節なのであるが、そう言っては受けつけられないから、朝貢使であると妹子らが言ったのか、地方官が勝手にそう思いこんでいるので、強いては否定しなかったのか、どちらかわからないが、地方官は朝貢使としての取扱いをして、護衛の人数をつけ、長安に送った。

隋朝では、外国使臣の応対は、すべて鴻臚寺（寺は本来は役所の意）でおこなうことになっているので、鴻臚寺に連れて行かれ、長官の鴻臚卿に会って、使命を伝えた。

鴻臚卿は妹子の言うところを聞いたが、これまた朝貢使と思いこんだ。妹子はこんどは大事な場であると思ったので、正確に使命のことを告げたのだが、それでも思いあやまられたのだ。

中華意識――自国だけが文明国で、他は全部蛮夷であるとするのは、太古以来の中国人の信念である。実際において、中国だけが段違いに高い文化をもち、周辺の民族は皆野蛮未開だったのだから、このエリート意識も無理はなかったのである。たとえ、妹子らが多少のことを言ったとしても、鴻臚卿がその牢固たる信念を修正しなかったのは当然のことであった。まして、妹子らは徹底するまでは言わなかったのだ。

山東について以来、彼らは中国の土地の広大、人間の多さ（この時代は人口は生産力だ。国の富そのものだ)、道筋の都邑の美しく殷盛なこと等、目をまわさんばかりにおどろきつづけている。長安に入ってからはなおさらだ。仏説に言う喜見城、この世ながらの極楽浄土と思うばかりである。

こんな国を相手に、日本が対等の資格をもって交際出来ようとは、とうてい思われない。太子からくれぐれも言われて来たから、一応のことは言ったが、それだけで責任はすんだことにして、くりかえしては言わなかったのである。こだわって言い張っては、追いかえされるにちがいないと思ったのであった。

鴻臚卿は大満足だ。

当時、隋では第一世の文帝は一昨年死んで、子の煬帝の世であった。煬帝は文帝を暗殺して帝位についたのだが、もちろん、妹子らは知らない。

煬帝は中国歴朝の帝王の中で最も虚栄心の強い人であったと言われている。大を好み、功業を好み、豪奢を好み、気宇はなかなか壮大だが、反面、表面を飾ることが大好きだから、外国がその威風を慕って帰服朝貢をして来たとあっては、大へんよろこぶはずであると、鴻臚卿は思ったのだ。

「山海の険をこえて、よくこそまいられた。早速、陛下に奏上するでありましょう」

といって、客館に案内させた。

そのあと、鴻臚卿は煬帝に拝謁して、日本から朝貢使の来たことを報告し、持参した日本の産物の目録を披露した。

見込んだ通りだ。煬帝は、

「春秋の左氏伝に『徳以て中国を柔らげ、刑以て四夷を威す』とあるが、刑しておどすまでもなく、帰服朝貢してまいったのだ。朕の徳が四夷におよんでいる証拠だ。まことに満足である」

と、上きげんだ。

「古の聖天子、堯・舜・禹の時代は知らず、その後では聞きもおよばぬことでございます。南北朝の時代は中国がかえって蛮夷におびやかされていたのでございます」

と、鴻臚卿は大いにたいこをたたいた。

朝貢品の目録の中に大きな真珠のあることが、また煬帝をよろこばせた。

「古い書物に、倭の海には径一寸の真珠を産するとあるが、定めし見事なものであろう」

使節らの様子を聞いた。

「正使の小野妹子と申しますのは、年ごろ二十七八、蛮夷に似ず瀟洒たる容貌をいたし、立居ふるまいもなかなか閑雅でございます。通事の司馬福利と申すは、祖父の代に中国から移住した者のよしで、ことばも南方なまりながら、まことに達者でございます。全然、中国人とかわりはございません」

「ほう、ほう」

と、煬帝は興味深げに聞いて、妹子の名をもう一度聞き、文字に書かせて、ながめ入った後、

「この者に蘇因高という中国名をあたえよう」

といった。

蘇因高はショウ・イモコ（小妹子）の音写である。

数日のうちに賜謁の儀式が行われることになったが、その前日のことである。礼部の主客曹の郎中と鴻臚卿とが、至急に拝謁を願い出た。煬帝はゆるした。

やがて二人は入って来たが、その様子はまことに異様であった。恐怖の色を蒼白な顔に浮かべ、ふるえおののいている。

煬帝はこの時二十八であった。彼は度を知らない名誉欲と、功業欲と、豪奢のために、民心離反して、国をほろぼし、悲惨な最期をとげなければならなかった人だから、昔からローマのネロ皇帝と比較される人だが、愚鈍ではない。ずいぶん敏感であり、知恵のまわりは速いのである。二人の様子を見て、明日に賜謁のせまっている倭国の使節らのことについて何か重大なことがおこったに相違ないと思ったが、何にも言わず、静かな目つきで二人を交互に見た。

二人のふるえは一層はげしくなった。やがて、郎中が恐る恐る言う。

「実は、明日拝謁いたしますはずの、倭国の朝貢使の持参いたしました国書の文面が、まことに違例なものでございますので、いかに処置すべきか、お差図をいただきたいと存じまして」

煬帝の視線は鴻臚卿にむいた。さびしい目である。国書は使節の到着と同時に鴻臚卿が内見しておくべきものだ、明日にさしせまった今日、そんなことに気づくとは怠慢であるぞという意味をふくめたものであった。

鴻臚卿はさらにふるえ、さらに顔色がなくなり、今にもそこに居すわるかと思われるほどであった。

相手がこんなに恐怖したので、煬帝は満足に似た気持を味わった。郎中に言った。

「どう違式なのだ」

こちらは直接の責任者ではないから、いくらか気が軽い。

「まことに恐れ多いことを書いてございます」

といって、鴻臚卿の方を向いた。鴻臚卿はたずさえていた包みから、一巻の絹をとり出した。煬帝のうしろに侍立していた近侍の一人が出て来て、それを受取り、ひざまずいて煬帝にささげた。

煬帝は受取って、くりひろげつつ読んだが、忽ちその顔に不快げな色がひろがった。

そこに書かれている文字は、すでに我々の知っている、あの、

「日出づる処の天子、書を日没する処の天子に致す。恙なきや」

という対等の礼をもってはじまる、あれである。

中華の国の皇帝として、東海の未開の小国の王から、こんな調子でものを言いかけられようとは、まるで予想しないことだ。引裂いてたたきつけたいほどの怒りがこみ上げて来たが、それでは自分の器度の狭小を示すことになると、こらえた。

「ふふーん」

とうなずき、余裕を示すために微笑まで浮かべて、読み進んだ。

こちらを菩薩天子とたたえてある。小国と侮ることなく、教え導いてもらいたいと書いてある。

留学僧若干人を送るから、貴地で教育していただきたいとある。

その頃、中国で流行していた文章が四六駢儷体とて、四字六字の対句ばかりでつないで行く華麗な文体のものであるが、これは古文体である。質実で、重厚で、堂々としている。しかも、書きぶりは卑屈ではないが礼儀正しく、堂々とはしているが傲慢ではない。

煬帝は文章には一隻眼を持っている。不本意ながらも感心しないわけには行かなかった。しかし、わざと笑った。

「今どきはやらん文体だの。先秦（秦以前）の諸子百家の文体じゃわ」

案外、きげんがよさそうなので、二人はほっとした。

「御意」

と、同音に言って、おじぎした。

煬帝には、妹子らをどう処理すべきか、もう工夫がついている。

せっかく、自分の徳を慕って遠い東海から来たのだ。細事を穴ぐり立てて問題を大きくすることは愚である。帝徳の洪量を示して、普通の朝貢使として取扱った方がよい。国内の民共は細かなことは知らないのだから、遠い東海の倭国にまで徳化がおよんで臣服して来たと感動するはずである、と思ったのである。

だから、言った。

「この表文の書式は礼をはずれているが、書いてあることがらは、まことにしおらしい。弱の強につかえ、小の大につかえる道をよく心得ている。遠夷のこと故、礼をわきまえぬため、こんな書式になったと思われる。かえって、あわれむべきである。明日の賜謁の儀は、予定の通り行うがよい。ただこの表文を読むことはやめよ。読めば公けのことになって、典刑に照らして使者らを追いはらわなければならないことになる。それでは、遠夷をなずけ四海に徳をしく王道にそむくことになる。よく心得るよう」

隋書に「帝これを覧て悦ばずして、鴻臚卿に謂って曰く、蛮夷の書、礼を無くものあり。またもって聞するなかれ」とあるのは、この事実を言ったものであるが、ここでわれわれは考えなければならないことがある。

太子のせっかくの言いふくめにもかかわらず、妹子は対等国の国使としてふるまうことが出来なかったのだが、太子の自ら起草した国書があったために、日本の独立国としての気位だけは煬帝に知らせることが出来たことである。

翌日、賜謁の儀が行われた。煬帝の心が前述の通りである以上、大がかりで、荘重で、華麗でなければ、効果はない。人目をおどろかす儀式であったのであるが、煬帝はこの式場における妹子に心中おどろいた。

先ず容貌が立派で、風采が実に閑雅である。立居ふるまいが礼法にかなっている。恭敬でありながら、畏縮するところなく、沈着また寛闊に進退坐作する。

この時代、隋の国威は四境の外におよび、先帝の時から、百済、高麗、新羅、靺鞨（シベリヤ）、吐谷渾（今の青海省にあった国）、党項（中国西北部にあった）、高昌（新疆省にあった）、女国（パミール高原の南にあった女王国）などの国々が帰服来朝し、今年はまた林邑（ベトナム）と赤土（スマトラ）とが来朝したが、いずれの国の使節も、妹子ほど人物がりっぱでない。

煬帝としては、あの表文のことを思い出さないではいられなかった。

（あのように自信にあふれた表文を書き、これほどの人物のいる国であるとすれば、これは普通の蛮夷の国ではないような）

と思ったのである。

前述した通り、妹子は煬帝から蘇因高という中国名をもらったわけだが、煬帝はしげしげと宮中の宴に招いて、席を側にあたえては、「蘇因高、蘇因高」と呼んで優待した。観察するためであった。自分がそうしただけでなく、廷臣らにも旨をふくめて、訪問させたり、招待させたりして、観察させた。

どう観察しても、妹子はなかなかの人物だったので、

「倭国をよく知りたい」

という煬帝の思いは強いものになった。

新しい年になって間もなく、妹子は帰国を願い出た。

「なごりはつきぬが、引きとめることは出来まい。朕（ちん）が徳を慕って遠く海を渡って来たこと故、朕も礼をつくさねばなるまい。朝使をつかわす故、同道してまいるよう」

といって、文林郎裴世清（はいせいせい）以下十二人を選抜して使者とした。仏典その他おびただしい品物をあたえたことは言うまでもない。もちろん、下賜品のつもりである。朝貢にたいしては数十倍、数百倍のかえしをするのが、中国の古来からのしきたりで、これを回賜というのである。

四月はじめ、小野妹子は隋使とともに筑紫に帰りつき、そこから大和に急使を出した。

「使命をはたして、当地まで帰着しましたが、隋使裴世清とその下僚十二人とを同道しています故、しばらく当地に逗留して、何分のお差図を待ちます」

という口上である。

大和では、まさか隋帝が使者をつかわそうとは思っていなかったので、大さわぎになった。対等の独立国としての国書は持たせてやったものの、何もかも未開の域を脱していない国だ。このまま迎えては恥になる。中国のように文物整斉、文化繚乱という具合には、とうてい行くはずはないが、恥にならぬ程度の用意はしなければならない。妹子が筑紫でとどまって差図を仰いだのも、それを考えたからのことである。

太子は、難波雄成という者をえらんで、迎えの使者として筑紫につかわし、同時に隋使らの宿館を難波に建造するよう手配した。このころ、今の国鉄関西本線の百済駅の近くに、三韓使節らを泊める館が三つ建っていたが、隋使の館は百済館の上に建てられたという。

六月十五日、隋使らと妹子の乗った船は難波についた。朝廷では三十艘の飾り船を淀河の河口まで出して迎えさせた。

淀河はなかなかのあばれ川で、歴史時代を通じて絶えず河口を変えているが、この時代の河口は今の中之島のあたりであったというから、現在の大阪市の西半分は全部海だったのである。のみならず、中部地帯も水にひたされていた。大和川がこの地帯で入江のようにひろがって淀河につらなっていたのである。だから、現在の茶臼山公園（荒陵の地）や天王寺のあるあたりから玉造を経て大阪城に至るあたりまで、この海と入江の間に突出しているなまこ形の大地だけが乾いた陸地だったのである。

従って、妹子や隋使らの乗った船は、音楽を奏する飾り船三十艘にとり巻かれて、悠々とこの入江を入って、適当な岸で上がり、新造の旅館に案内されたのである。

館には三人の接待がかりがえらばれて待っていた。いかに朝廷が心を用いたかがわかるのである。

ここで妹子は隋使らと別れて大和にかえり、太子に謁して使命を報告したが、かんじんの煬帝の返書を持っていなかった。

これについて、こう弁解した。

「隋帝からたしかにいただいたのでありますが、帰途、百済の港に立寄りました時、船に忍びこんだ盗賊のために奪われてしまいました。まことに申訳なく存じます」

こう聞いただけで、慧敏な太子は、これがいつわりであることがわかったが、思うところがあって聞く。

「ふうむ。それで、そのことは隋使も知っているのか」

「知っております。てまえに同情し、また百済人らの姦悪を怒りまして、百済の官人らを叱責して、急ぎ犯人を捕えて取りもどせと申してくれたのでございますが、帰国を急ぐ身でありますので、そのままにした次第でございます」

太子はこう推察している。恐らく、隋帝の返書はこちらをぐっと見下げた尊大きわまるものであったに違いない。妹子はこれをこのまま持ちかえっては、自分も使命を達成しなかったことになる上に、物議を沸騰させ、ついには両国の和親を破ることになると思って、隋使と相談して、破棄したのだと。

太子はことばに出しはしなかったが、妹子の取った行為を諒（りょう）とした。わが国は大いに隋に学ばなければならない時だ。大目的のためには小事にこだわるべきではない。親善を破るようなことは絶対に避けなければならないと思うのだ。

しかし、一応衆議にかけなければならない。摂政ではあっても、独裁する権限は太子にはない。それは当時の天皇権の弱さの反映である。

会議を召集した。議論は沸騰した。

「朝命を奉じてとつ国に使する者は、常に緊張し、死すとも使命を忘れてはならないものである。こともあろうに、隋帝の返書を失うとは何事。怠慢の至りである。流罪に処すべきである」

という意見が支配的であった。

強硬意見の出ることとは、太子はもちろん予想していたが、こうまで圧倒的に多かろうとは意外であった。これはすなわち豪族らが中国に学ぶことの必要を切実に感じていない証拠と見てよいものであった。孤独の感がひしひしとせまった。しかし、対策は立っている。

太子は発言した。

「各位の意見はまことに至当であるが、考えなければならないのは、唯今（ただいま）は隋の使者がこの国に来ていることである。こんな時に使いをうけたまわって行った者を処罰することは、どうであろう。このせんぎは隋使の帰国後に延期してはいかがであろうか」

もっともな提議である。皆同意して散会となった。

数日の後、太子はあいさつのためと称して、難波の客館を訪問した。裴世清は、皇太子であり、摂政である人の訪問を受けて、大満悦であった。

太子は鞍作福利を通訳として、煬帝の万福と万歳をたたえ、使者らの遠来の労をねぎらった上で、何くれとない談話をかわした。

その談話の中で、裴世清は小野妹子の使者ぶりが立派で、これまで来た諸外国の使者らに立ちまさること数段であると、朝廷で皆評判したということや、煬帝の気にかなうこと一方（ひとかた）でなく、しばしば招いて語るのを楽しんだということなどを語った。

太子の訪問の目的の一つは、これを聞き出すにあった。太子は、

「弊邦の使節がそんなに皇帝はじめ諸公卿らに気に入られたとは、うれしいことである」

と、礼を言って、つづけた。

「弊邦は、貴使のごらんの通り、国土狭小、民少数、文化未開、不足だらけの国であるために、貴国に学びたいことが多いのです。そのために使節をつかわして交際の道をひらいたのでありますから、今後も長く、しばしばつかわします。出来るだけ人物を選んでつかわすつもりではありますが、あるいはいささか劣るものが使いとなる場合もありましょうが、その者共にも、大国の寛容をもって、妹子同様に芳情をいただきたく願います」

「貴国のそのご意志は、たしかにわが皇帝陛下に伝えるでありましょう。それにしても、蘇因高

（妹子）のような人物が多数あるとは、貴国の隆盛は期して待つべきものがあります」

と、またしても、妹子をほめた。

太子は大和にかえると、推古天皇の前に出て、何ごとかを奏上した。その結果、推古は会議を召集して、妹子がどんなに隋の君臣の間で評判がよかったかを述べられた上、

「妹子が隋帝の返書を失った罪は重いが、遠く使して国の光を示した功もまた大なるものがある。その上、かの国の使節の来ている時だ。うちわの恥をさらすようなことは避けて、罪は問わないことにしてはどうであろう」

と、相談の形で提議された。

皆納得して、そうきまった。

数日の後、隋の国書の写しが披露される。正式の賜謁に先立って、国書の文面の下見を行うのである。

国書の文面はこうであった。

皇帝、倭王に問う。

使人長吏大礼蘇因高らが来て、つぶさに貴下の心情を申した。

朕（ちん）は天命を受けて、天子として天下に臨んでいるので、ひろく徳化を万物に及ぼすことは、朕の念願するところである。朕の愛育の情には、遠近のへだてはない。

王は海表にいて、その民を愛撫（あいぶ）し、国内安楽にして、風俗融和しているということであるが、

その上、心深く、至誠あって、遠く中国に朝貢して来た。心底まことに美である。大いに気に入った。

早春の候、朕は無事である。

鴻臚寺の外客がかり裴世清らをつかわして、朕の意を伝えさせ、併せて物を送ること、別表のごとし。

ずいぶん尊大なものである。「日本書紀」には、書き出しの「皇帝、倭王に問う」は「皇帝、倭皇に問う」となっている。書紀の編纂にあたって、王を皇と改めたものと推察される。倭皇と呼びかける以上、「問う」と見下げた書き方をするはずはないのである。

漢文には日本文のように細かな敬語法はないから、日本語式に敬語をそえて説明すれば、全文はそう傲慢な調子には聞こえない。しかし、ごまかせないのは、この冒頭の呼びかけである。その上、先にこちらからつかわした国書には、「日出づる処の天子」と自称したのに、「倭王に問う」だ。見下げていることは明瞭である。

このことは会議の問題になった。天皇もまた疑問を抱かれた。

これにたいして、太子は、

「この書の形式は、皇帝が諸侯王（大名）に下す際のものであります。漢土では、普天の下王土にあらざるなく、率土の浜王臣にあらざるなしというのが、古来からの常識になっています。つまり、天子とか、皇帝とかは、天下にただ一人のものと考えているのであります。

また、かの国では、世界の中心は漢土であり、漢土以外の国は夷狄蛮戎(いてきばんじゅう)であって、漢土に臣服すべきものとの考えも、昔からの常識になっています。だから、こんな書式にしたのでありましょう。

漢土人らのこの考えの不当であることは申すまでもありませんが、これをにわかに正そうとしても、出来ることではありません。要は彼らがどう思おうと、思うにまかせて、こちらはこちらで臣従しなければよいのです。

今日、わが国は何をおいても、かの国に学び、進んだ文化を取入れなければならない時であります。少々のことは目をつぶるべきであると存じます。

のみならず、この書の式法は、今申したようなものではありますが、全文を読んだ感じでは、相当こちらに敬意をはらっているようであります。これを問題にして、両国の和親を破るのは、大計を知らざることと思います」

と説明した。

天皇も、豪族らも、納得した。

太子も大へんである。自国以外の国の独立を絶対に認めない中国にたいして、独立国日本として対処しながらも、これと和親を保って大いに学ぶという、いわば二律背反的な条件のもとにやらなければならないのだ。

いつの時代でも、弱小国の国政の衝にあたる者には、これに似た苦労がある。幕末の幕閣にも、明治初年の政府にも、この戦後の吉田茂氏にも、その後の内閣にも、この苦労があるはずである。

肝心なことは、うまくやったかどうかである。

聖徳太子の外交をぼくが高く評価したいのは、この点である。この時代に堂々たる書式の国書をつかわしたということは、もちろん破天荒な快事ではあるが、国益を考えないなら、他にも出来る人がなかったとは言えない。これだけを激賞して痛快とするのは、小児病的感覚である。反対の方向に走りたがる両馬を馭して、最も巧妙にやったところをこそ、賞称すべきであろう。

太子は隋との親善を保って大いにその文化を吸収し、後に結実して大化改新となる日本改造の土台をつくりつつ、国書をつかわす度に、日本の独立国であることをそれとなく意志表示するのである。第一回目が「日出づる処の天子云々」であり、第二回目が「東天皇、敬しんで西皇帝に白す」である。いずれも、つまりは独立国としての宣言である。

向うではこの宣言を公式には認めなかったが、相当強烈な衝撃を受けたことは事実である。中国の「経籍後伝記」という書物に、煬帝がわざわざ裴世清らを日本につかわしたのは、日本の国書によって日本の意気のさかんであるのを感じてあやしみ、偵察させるためであったと書いてある。

月をこえて八月三日、隋使らは大和に入った。

この時、隋使らの取った道は、客館のある今の百済駅付近から、鞍作、弓削、石川沿いの道を経て、古市で竹ノ内街道に出て、大和に入る道であった。この道は現在は大阪府、奈良県の境の峠道のあたりは、大型の自動車は通過に困難なほど狭く、舗装もしてないが、この時代には日本で最も重要な幹線道路だったのである。

大陸の文化は、この道を通って大和に運びこまれた。この道は難波または今の堺から、九州につづき、海をわたって朝鮮に連絡し、さらに長安につらなり、その先きはシルク・ロードとなって、西域を経てローマにつらなった。つまりシルク・ロードの東のはてなのである。今日正倉院の所蔵品に、ペルシャ、ギリシャ、ローマ産のものがあるのは、このためである。

この街道は大和に入ると、大和盆地の南端に近いところを西から東に真直ぐに走っている。竹ノ内峠を下ったところが竹ノ内村、蘇我氏の先祖と伝承される武内宿禰の出生地という伝えのあるところだ。ここから大和高田、曾我（蘇我）、八木を経て耳成山の南方を通り、さらに真直ぐに行って山につきあたったところに海石榴市（今の金屋）がある。ここで道は山に沿って北に曲る。いわゆる山ノ辺の道となるのである。

海石榴市まで来てしまうと、豊浦宮へ入る地点をうんと過ぎたことになるが、隋使らはここまで連れて来られた。この頃、大和ではここが一番にぎやかな場所で、しげしげと市が立ち、人が多数集まって歌舞する歌垣の催しなども行われて、広場の設けがあったので、朝廷はここに飾り馬七十五頭を用意して、歓迎の支度をしていたのである。

文化の花咲く中国からの遠来の客にたいして、出来るだけにぎやかなところを見せて、日本がそう野蛮ではないことを知ってもらいたかったのであり、一般の人々にもこの遠来の客を見せて楽しませたかったのである。

朝廷からはとくに額田部比羅夫がお使いに立って、歓迎の辞をのべて、新造の宿舎に案内した。賜謁の儀は十二日にあった。案内役の阿部鳥ら二人の豪族に導かれた隋使らは、豊浦宮の大庭に通り、そこにそなえられていた机に、たずさえて来た煬帝の贈物を並べた。

この日、皇族・豪族らは冠位に規定されたそれぞれの色の衣冠をつけ、冠には黄金づくりの花の枝をさしていた。衣冠のきれ地は錦、繍、厚織の絹であったので、多数居ならんだところは、目もあやなきらびやかさであった。これも日本が未開の蛮国でないことを示すためであった。

裴世清はこのさんらんたる人々の間を通って、推古天皇の前に進み、再拝すること両度、口上をのべた後、国書を読み上げた。

当時の中国音で読んだのだから、特に学問をしている者以外はわからない。しかし、これはすでに下見の上、せんぎをしたものだ。

読みおわると、この日の接待役である阿部鳥が庭に出て来て国書を受け取り、進んで、正面にすえてある机上においた。

これで謁見の儀はすんで、宿舎に引取り、十六日に皇居に招かれて饗応にあずかった。

この饗応の席でのことだろう、裴世清が天皇に会った時のことが、隋書「倭国伝」に出ている。こうだ。

倭王は世清に会って、大いによろこんで言う。

「自分は海の西方に大隋なる礼儀の国があると聞いたので、使を遣して朝貢した。自分は夷人で、海隅に僻在し、礼儀にならわないので遠慮して、せっかくお出でになったのに、お迎えにも出なかった。しかし、大使のお出でになるにあたっては、こうして道を清め、ご旅館を飾ってお迎えした。無礼をとがめないでもらいたい。貴国は乱麻の姿となっていた天下を統一されて、新しい国朝をはじめられたのであるから、願わくは大国の維新の政道をうかがいたい」

　これにたいして、世清は、

「わが皇帝の徳は天地とならび、その恩沢は四海に流れおよんでいる。王もこの化を慕って朝貢されたわけで、わたしも命をこうむってこうしてまいったのです」

　と答えた云々。

　これをこのままに信ずることの出来ないのは言うまでもない。裴世清が大いに取りつくろって報告したのを材料にして書いたものであろうからだ。しかし、「冀（ねがわ）くは大国維新の化を聞かん」というところは、信じてよいであろう。

　豪族の寄合所帯にすぎない日本を変じて、天皇を中心にした統一国家とする維新の業をなしたいのは、太子の悲願である。天皇に申し上げて聞かせたはずである。その心意気がわからず、からっぽな中華意識による観念論を、裴世清がならべ立てたのは、お笑い草である。大した男ではなかったのであろう。

　隋使一行は、間もなく難波の客館に引上げたが、やがて帰国の途につくことになった。

　朝廷では難波の高津宮で、送別の宴を張った。高津宮はまたの名を大郡宮といって、大体今の大阪城のあるあたりにあったという。ここは今の茶臼山公園や天王寺のあるあたりから水中につき出してい、台地の突端部にあたり、前に大淀が流れ、東に入江があり、西に海があって、なかなかの形勝の地だったのである。

　太子は、隋使一行を送るかたがた、また遣隋使を出すことにした。正使は小野妹子、副使はこれまで接待役をつとめて隋使らと親しくなった難波雄成。

同時に、留学生を送ることにする。前回は留学僧であったが、こんどは一般学修行の学生である。東漢福因、奈良恵明、高向玄理、新漢大国、新漢旻、南淵請安、志賀慧因、新漢広斉の八人である。このうち新漢旻以下の四人は僧であるが、これも仏学修行のためではなく、一般の学問を修めるためであった。奈良恵明だけが朝鮮系の帰化人の子孫であるが、あとは全部中国系である。ことばの関係でもあろうし、何よりもこの系統の者でなければ学問の素養がなかったのであろう。

この時代、隋と交際した国は何十とあるが、それは全部隋の国威を恐れたり、回賜を目的としたりしたものであった。留学生や留学僧を送っている国は日本だけである。日本人の向上進取性の旺盛を語るものであるが、つまるところはこれは太子の意志によるのだ。この時代には、太子以外にこんなことを考え出す人は、日本にはなかった。

この留学の人々は、短きも十数年、長きは三十年にわたり中国に留まって勉学し、帰国してそれぞれに日本の進歩に役立ったが、とりわけ、旻・玄理・請安の三人は、大化改新の際、改新派のブレーンになった。

この時、妹子の持って行った国書は、こうだ。

> 東天皇、敬しんで西皇帝に白す。
> 貴国の使人、鴻臚寺の掌客裴世清等が参りましたので、久慕の念が満足しました。

唯今、季秋薄冷の時でありますが、ごきげんいかがですか。御清和のことと存じます。こちらも平安であります。

こんど大礼蘇因高、大礼雄成等をつかわして、ごきげんをうかがわせます。謹白不具

裴世清の持参した煬帝の返書は、こちらを見下げて「倭王」とあったのだが、知らんふりで、「東天皇」としたばかりか、文章全体の調子も対等にしている。ここに太子の気概がある。あなたはこちらを属国視してお出でのようですが、こちらは独立国なのですよという意志表示なのである。しかつめらしく言い立てず、さりげなくさらりと書いたところに、その卓抜な外交手腕がある。かんかんがくがくと青筋立てて論じ立て、その結果、国交断絶などとなっては、日本の勉学と進歩の途（みち）がふさがってしまう。

隋使一行、日本国使一行、留学の人々一行は、九月十一日、乗船して出発した。

隋使らは日本の歓待に大いに気をよくしたようである。隋書「倭国伝」の大部分は、この時の隋使らの見聞談を資料として書かれたものであるが、その観察はまことに好意的である。いつの時代でも、自国の人情風俗は珍らしくないから、この時代の日本もそれについては全然記録していない。隋書は旅人の興味によってこれを記録してあるから、今日ではその記事は最も貴重でもあり、面白くもある。ごく少々書いてみる。

一、九州から海路を東の方にとって行くと、秦王国という小国がある。そこの国人は全部中国人で、言語、風俗、中国とかわるところがない。

（つまり、瀬戸内海航路に沿ったある地点に中国人で形成している村があったのだ。秦氏によってひきいられた、秦氏の部落であろう。今の岡山県の児島郡のあたりは、蘇我氏の田荘のあったところで、帰化人を主にした部曲があったから、そのへんのことであろうと思う）

一、民の性質は正直で、雅風があり、大へんあっさりしていて、物静かで、裁判事件や盗賊は少い。

一、武器はあるが、戦争はない。

一、男女ともにひじや顔やからだに入墨している者が多い。

一、気候温暖で、冬も草木が青々として、地味豊沃である。

一、婦人には好色嫉妬の念が少い。

一、鵜の首に金輪をはめて魚をとらせる漁法がある。

（鵜飼いは現代中国でも広西地方にはあるのだから、古くから中国にはあったに違いないと思われるが、めずらしげに記録してあるところを見ると、かぎられた片田舎の特殊な漁法で、中央地帯では行われていなかったのであろう）

隋書には三十八の外国伝があるが、こんなに好意をもって書かれている国は他にはない。どんなに裴世清が好意的に報告したかがわかるのである。もちろん、実際においても、こうだったのであろう。

妹子は翌年帰朝し、それから五年目に、太子は犬上御田鍬と矢田部御嬬とを第三回目の遣隋使として出しているが、その二三年後に隋がほろんで唐となったので、あとは遣唐使となる。

聖徳太子の究極の目的は、くりかえし書いて来た通り、旧来の社会組織を解体して、日本を新しく誕生させるにあった。

これは蘇我馬子をはじめ全豪族の権益の根本的否定である。彼らがもし太子のこの心を知れば、全力をあげて抵抗するに相違なかった。太子にはこれがわかっているから、胸中深く秘めて、決して他に見せず、馬子をふくむ豪族らには、

「日本を中国のような開明の域に進めるためには、これは必要なのだ」

とだけ説明して同意させ、しくしくと布石をつづけた。冠位十二階の制定もそれ、十七条憲法もそれ、遣隋使の派遣もそれ、留学生、留学僧の派遣もそれ。

仏法を興隆するためにみずからしきりに寺を建てたばかりか、豪族らにも建てることを奨励したのも、この目的のためもあったとしか思われない。

この時代の神道は、後世の神道のように整理されたものではなく、自然発生のままのものであったから、簡単には説明することは出来ないが、日本が近代的（もちろん当時から見ての近代である）の統一国家となるには邪魔になる内容を持っていたことは明らかである。

当時の豪族はみなそれぞれの祖神を信仰し、それへの尊崇と忠誠とが、一族の結束のカスガイになっていた。日本を新しい統一国家に編成し直そうとする場合、この割拠性は邪魔になるはずである。明治の初年に藩意識が近代的統一国家化への邪魔になったようにだ。維新時代に各藩にあった勤王佐幕、保守進歩の争いは、せんじつめれば、藩意識と日本意識との抗争であったのだ。

「こういう欠点がなく、しかも全日本人を結束させ得る別な信仰をあてがう必要がある」

と、太子は考えたはずである。

しかし、その別な信仰対象に天照大神を持って来るわけには行かない。天照大神は天皇家の祖神で、その点では豪族らの祖神と同じである。豪族らが拒否することは明らかであるからだ。（伊勢神宮への奉幣は、私人には禁ぜられていた。天皇家の祖神であるからである。私人の奉幣や寄進が許されるようになったのは、南北朝の争乱からのことである。皇室が衰え、朝廷に財力がなくなり、満足に奉幣することが出来なくなったからである。各氏の祖神は国民共通のものではなく、その氏だけのもので、他氏の者の信仰は禁断されていたことがよくわかるのである）

この点、仏教は最も都合がよかった。これを興隆し、人々の信仰を奨励し、さかんに寺や塔を建てれば、人々の信仰はしだいに深くなり、しぜん割拠的な祖神崇拝はおとろえて来るはずだ。仏教の信仰を通じて、全日本人の心の統一が出来るわけである。

現代人の常識では、神道はナショナリズムに密着しているが、それはこの後日本が完全な国家体制をなしてから、神道がそれに適応するように変化整理されたからで、この時代の神道は天皇家を中心とする統一国家の理念とマッチするものではなかった。この時代、天皇は一般政治の中心にもなりつつはあったが、まだ豪族らの共通の祭祀の主宰者としての面が濃厚であり、日本は厳格には単なる社会であって、国家ではなかったのだから、これは当然なことである。

さて、このように、太子の打つ手は全部、日本の統一国家化への布石であったのであるが、歴史の編纂もその一つであった。

推古二十八年、太子は馬子を説いて同意させ、天皇記、国記、臣連伴造国造百八十部、公民等本記等を作ることにした。天皇記は天皇代々記であろうし、国記は大和をはじめ国々の歴史であろうし、その次は臣（おみ）、連（むらじ）、伴造（とものみやつこ）、百八十の部曲（かきべ）等の、つまり中央地方を問わず、身代身分の大小高下を問わず、全豪族の家の歴史であろうし、公民等本記は天皇家に所属する民の歴史であろう。

これらの大方はそれぞれの家で書いて提出させることにしたのだろうが、天皇記は天皇家で書いたのであろう。それぞれ、文筆に長じた者をえらんで、家々に伝わる記録や語部（かたりべ）などの伝承を材料にして書いたと思われる。語部は天皇家にだけあったのではなく、各氏族それぞれにあったのである。

これらの書は太子の生存中には完成しなかったが、編纂はずっと継続された。後に蘇我氏のほろびる時、蝦夷（えみし）が家に所蔵する珍宝とともに、天皇記と国記とを火中に投じたところ、国記だけは船恵尺（ふねのえさか）という史（ふひと）がすばやくひろい上げて、天皇家に献上したという「日本書紀」の記事があるから、この二書は蘇我氏滅亡の頃までには完成していたのである。この国記が後に「日本書紀」編纂の時の重要な資料となったことは言うまでもない。

これらの史書の編纂に関連して、太子は神武（じんむ）天皇即位の年と月日を定めた。

前に推古十年に観勒（かんろく）という百済僧が来朝して、暦本その他の書物を献上したことを書いたが、この時の暦本が、神武即位の年をきめる基本になった。

日本に最初に暦が伝来したのは欽明天皇の十四年である。百済から暦本と暦博士を貢進したのである。その後も時々暦博士を貢進しているが、日本で暦本をつくったことはなかったようだ。ところが、この時は翌々十二年の二月、つくって頒布している。有力豪族や地方の国造らに頒布したのであろう。これは「日本書紀」には出ていない。平安朝時代の一条天皇の頃の明法博士、惟宗允亮の著書「政治要略」に出ている。この書はこの時のことを、

「暦元を推し、蔀首を定めて、暦本を製す」

と書いている。この簡単な文章が、太子が日本紀元を定めた謎を解く鍵になるのであるが、手短かには説明出来ない。ゆっくりとお読みいただこう。

漢代から、中国に一種の運命学である讖緯学がおこった。これは陰陽五行説から発展したもので、天地間のことはすべて陰陽の作用と、木・火・土・金・水の五行の気の相生相剋とによって変化流動するとして、その変化の法則を細かに規定した。

この規定の中に、甲子革令、辛酉革命というのがある。つまり、甲子の年と辛酉の年とは世の中のことが変化しやすいので、甲子の年は政令が改まりやすく、辛酉の年は王朝がかわりやすいというのである。

この学説は迷信にすぎない。中国歴代の王朝の変革した年をしらべてみても、辛酉の年であったというのは一つもない。実例を集めて統計を取って立てた法則ではなく、勝手な理屈をこねまわして立てたものにすぎないのだが、漢代以来大流行となり、ほとんど全部の学者がこれを信仰した。従って、中国を先進文化の国として慕っている太子も信仰した。

後漢の鄭玄という学者は、年代の分類に甲、元、蔀の三段を立てた。十年を一甲、六甲を一元、二十一元を蔀とするのだ。これも中国で大流行の学説であったから、太子は信じた。

さて、推古十二年、太子ははじめて日本で暦を作ったわけだが、その三年前の推古九年が辛酉の年だったので、太子はこれを日本における第二蔀首として、それから一蔀千二百六十年をさかのぼった辛酉の年を第一蔀首とし、この年を日本という国のはじまった神武天皇の即位の年としたのである。

太子がこんなことをしたのは、讖緯学を信じていたからというより、こうせざるを得ない必要があったからであろう。

それは、太子が日本を独立国として中国に対峙させたことに関係がある。人間世界では、家柄でも国でも、古いほど尊重されるので、日本が相当古い国であると中国人に思わせたかったのであろう。

恐らく、太子は神武の即位が千二百六十年以前であることを信じたわけではあるまい。即位の日を一月一日（明治になって現行の太陽暦に換算して二月十一日となる）という最も特別な日にしたところに、それはうかがうことが出来よう。つまり、太子においても、これは建国の日ではなく、建国記念日的なものと考えていたように、ぼくには思われるのである。

ぼくは二月十一日を建国記念日とすることに賛成した一人であるが、それは日本の独立国であることを最初に中国皇帝に宣言した太子が、このようにして決定した日であることを信ずるからである。この日が歴史事実としては根拠なき日であるという反対説は、太子の壮烈な態度の前には、杓子定規にすぎないものとしか、ぼくには思えない。まして、これは建国記念日として制定されたのであって、建国の日として制定されたのではない。歴史学をあやまるものとは、ぼくには思われないのである。

ついでに書いておく。推古天皇の名は、古を推定されたというところから出たのだ。天皇の名にまでなっていることに、ケチをつけることはなかろうではないか。

推古二十九年、すなわち国史編纂にかかった翌年だ。大和盆地は次第に春色を濃くしながらも、時おり余寒のきびしい日があった。その二月五日の夜、太子は斑鳩の宮で、妃の祝君に、沐浴して新しい衣服をつけるように命じてそうさせた後、自分も沐浴して新しい衣服をつけ、妃に言った。

「まろは命運つきて、今夜死ぬであろう。そなたも一緒に死ぬであろう」

妃はかねてから太子に教えられて、「世間皆虚仮、一切空」の理を心得ている。太子を愛してもいる。未然を洞察する太子の力を信じてもいる。

「さようでございますか。お供出来てうれしゅうございます」

太子は寝室に入り、床に横たわった。妃はその上に夜のものをかけて乱れを正し、香炉に香をたいた後、自分も脇床に身を横たえた。

香炉がゆるやかに煙をあげ、芳香が室内にひろがり、ともし火がこゆるぎもせず冴え光るなかに、二人は眠りに入った。

いく時間かが過ぎ、夜が明けた。

二人がいつまでも起きて来ないので、近臣らが入ってみると、二人は呼吸が絶えていた。顔容はものしずかで、寝姿に乱れがなく、とうてい絶息しているとは見えない。何の苦しみもなく、薄霜の消えるように息が絶えたのだと思われた。

大さわぎになって、急使が皇居に飛び、豪族らの家に走った。天皇は御輿(みこし)を命ぜられて斑鳩にお出でになり、全皇族、全豪族がつめかけた。

「日本書紀」は、この時の人々の驚きと悲しみとを、こう表現している。

「諸王も、諸臣も、天下の民も全部、老者は愛児をうしなったような悲しみに陥り、ものを食べてもその味がわからないほどであり、若い者は慈父母を先立てたような悲しみにとらわれ、泣き悲しむ声が行路に満ちた。人々は何事も手につかず、

『今はもうこの世もおわりである。今日以後、誰を頼みにして生きよう』

となげいた。」

やがて、磯長(しなが)の山に葬られた。四十九であった。

磯長は竹ノ内街道に沿ったところである。竹ノ内峠をこえて河内におりて来てすぐのところだ。陵の下に今、叡福寺(えいふくじ)がある。太子の廟所である。建物の形や樹木の姿が、漢画(からえ)にあるような美しく寂(しず)かな寺である。

太子の超人的頭脳と生涯(しょうがい)のたゆまない努力とをもってしても、生きている間にはその理想を達成出来なかっただけでなく、太子の死後、世の中は意外な方に曲りはじめた。

太子の理想は、日本を化して、天皇を中心とする一君万民の中国式統一国家にするにあったのだが、太子がなくなると、「天皇を中心とする」という眼目が抜かれて、蘇我氏を中心とする統一国家への歩みが見えて来た、歴史上、蘇我氏の専横時代といわれる時代である。

ついに馬子の子の蝦夷の代となると、蝦夷は天皇となった。本来の天皇を廃しはしないが、別に朝廷をひらいて天皇となったのだ。これは従来の史家の忌んで言わないことであるが、「日本書紀」の皇極紀を心を澄まして読むならば、歴々たる証拠がいくつも見つかるのである。

その蘇我氏の行動を、大逆無道、人臣の道にそむくと慷慨したのが、中臣鎌足である。彼のこの慷慨は、彼の胸に中国の道徳律が定着していたからおこったのだ。天皇を単に祭司の長としか見ない、旧来の日本人の観念ではおこりようのないものである。すなわち、太子によって移植された中国の学問が、この頃になると日本の知識人の胸に定着したからである。

鎌足は中大兄皇子（天智天皇）を説いて、ついにクーデターをおこして蘇我氏をたおし、ここにはじめて、日本は天皇を中心とする一君万民、土地人民はすべて公地公民、国土はすべて郡県として、律令によって中央の指揮を受けて治める統一国家となり、太子の理想は実現した。このクーデター計画にも、その後の改革政治にも、南淵請安、僧旻、高向玄理などの、かつての中国留学生らが参画している。

鎌足のことといい、これといい、太子は最も効果的な時限爆弾を装置しておいたということが出来よう。

蘇我入鹿

一

蘇我氏は孝元天皇三世の孫である武内宿禰の子孫であると言われている。大和朝廷の諸豪族らが、本来の系図を皇室の祖神や歴代の天皇と血統的の関係を持つ系図につくりかえた時代があるというのは、近頃の学者の説であるから、蘇我氏の先祖も疑えば疑うことが出来るのだが、一応昔からの説に従うならば、宿禰の子が蘇我ノ石川麻呂、その子が満智、その子が韓子、その子が高麗、その子が稲目、その子が馬子、その子が蝦夷、その子が入鹿である。

武内宿禰―石川麻呂―満智―韓子―高麗―稲目―馬子―蝦夷―入鹿

蘇我氏の繁栄は、満智が履中(りちゅう)・雄略(ゆうりゃく)の朝に斎蔵(いみくら)・内蔵(うちくら)・大蔵(おおくら)の検校(けんぎょう)となったところからはじまるといわれている。斎蔵は朝廷における神物の蔵、内蔵は天皇家の財物の蔵、大蔵は政府の財物の蔵と、こう解釈されている。厳密に区分されていたかどうか、もとよりあやしいが、大ざっぱな区分はあったろう。検校は字義のままなら監査役だが、大昔のことだから、そのへんはあいまいで、単なる監査役だけでなく管理役も兼ねていたろう。つまり、蘇我氏は大和朝廷の財政権をにぎったわけだ。

なぜこんなことになったかについては、こう推理されている。蘇我氏は元来葛城山(かつらぎやま)の東麓地方を本拠としていた豪族であるが、満智の父石川麻呂の名によってもわかる通り、早くから山をこえて河内(かわち)の石川地方に進出して来た。石川というのは本来は大和川の支流の一つで、転じて、今も南河内郡にその地名がのこっているが、その沿岸地帯の呼称にもなった。石川麻呂はここに生まれ、ここに居住し、ここを所有していたのであろう。

この石川地方は、河内平野から大和盆地へ越える入口であるから、ここを占拠している蘇我氏が瀬戸内海水運を大和に連絡する役目を獲得したことは、最も自然なことである。また、この頃は外貨の輸入にしても、諸国の貢納品(こうのうひん)の運漕(うんそう)にしても、これらの計算や記帳にしても、本来の日本人には出来ず、すべて韓人や帰化人の手をまたなければならなかったのだから、蘇我氏がこれらの者共と密接な関係を持つようになったことも、これまた最も自然なことであった。ここまで来れば、蘇我氏が三蔵の管理監督の役目につくことも自然の帰結だ。

とにかくも、こうして、蘇我氏は大和朝廷の財政権をにぎった。財政権をつかんだ大臣が一番羽ぶりがよくなるのは、今も昔もかわりはない。以後蘇我氏は着実に勢力を増大して行く。

韓人や帰化人と密接な関係があったせいであろう、蘇我氏にはなかなか異国趣味がある。韓子という名前をつけたり、高麗という名をつけたりしていることでも、それがわかる。とりわけ韓子という名には興味がある。日本書紀継体紀によると、「大日本人、蕃女を娶りて生むところを韓子となす」とある。つまり、本来は普通名詞で、父が日本人で母が韓人の間に生まれた混血児の意味だ。蘇我ノ韓子の母は韓女であったかと思われるのだ。蘇我氏が韓女をめとった実例は日本書紀に出ている。松浦ノ佐用媛の話で名高い大伴ノ狭手彦が韓土から凱旋した時、韓子の孫稲目に媛と吾田子という韓の美女二人を贈ったところ、稲目は二人を妻にして、軽の曲殿（曲は地名）においたとあるのだ。

家の伝統となっているこの異国趣味が、やがて異国の宗教たる仏教崇拝となるのである。

さて、蘇我氏は徐々に着実にその勢力を伸ばして来たが、最も伸びたのは稲目の時だ。彼はなかなかの才人であったようで、貿易を営んだり、諸国に多数の田荘をこしらえたりして、飛躍的に家の富を増大している。また婚姻政策によって皇室と密接に結んでいる。彼の女、堅塩媛と小姉君の二人は欽明の妃となり、前者は七男六女を生んで、うち長子は用明天皇となり、第四子は女子ながら推古天皇となり、後者は四男一女を生み、その第五子は崇峻天皇となっている。また彼には石寸名という女がいたが、これは後に用明天皇の妃となっている。叔母甥で結婚したわけだが、当時は不倫なこととはされていない。叔母甥の結婚は最も望ましい縁と思われていたようである。後世藤原氏が婚姻政策をとって皇室の外戚として威福をほしいままにしているが、稲目はその先蹤をなしたといえるであろう。

彼はまた吉備の田荘で部民の戸籍をつくらせているが、これは帰化人をつかんでいなければやれることではないのだ。当時の日本人はよほどに特殊な者でないかぎり、文字を読んだり書いたりすることは面倒くさがって学ぶ者はなかったらしいのだ。この戸籍の作成は大化改新後には朝廷も行なっているが、つまりは蘇我氏のまねをしたとも言える。蘇我氏の家風は単なる異国趣味なだけではなく、進歩的でもあったといえるであろう。

二

稲目は日本仏教史上の大立物である。仏教が彼によって日本に根をおろしたことは、誰でも知っている。

仏教が日本に入って来たのは、日本書紀によると欽明天皇の十三年（五五二）、法王帝説・元興寺縁起・奈良大安寺沙門審祥の記ではこれに先立つ十四年（五三八）である。ともあれ、六世紀半ばだ。百済の聖明王が金銅の釈迦仏一体に幡蓋若干・経論若干巻をそえ、仏教信奉の功徳をたたえた表文とともに献上したというのだ。

この時の伝来は朝廷への公けの伝来で、私的にはずっと以前に伝来しているとの伝えが、扶桑略記・水鏡・元亨釈書等にある。これらの書によると、継体天皇の十六年（五二二）に、中国南梁の人司馬達等が日本に来て、大和の坂田原に仏堂を建て、仏像を安置して礼拝したところ、時の人は蕃神（異国の神）として帰依するものがなかったという。

これらの書物がはるかに後世のものであるところから、古来の学者の中には疑っている者もあるが、これは疑うべきではあるまい。彼我の間に交通があるのに、仏教だけが伝わらなかったと考えたら、かえっておかしかろう。日本人の中には信奉者はなかったとしても、帰化人の中には信奉している者が相当あったと考える方が自然である。このことについては、後段でまた触れる機会があろう。

さて、欽明天皇は百済の使者の言上をきくと、書紀によると、

「まろはこれまでこんなに微妙な法を聞いたことがない。しかしながら、これを信奉すべきか否かをみずから決することが出来ない」

とて、群臣に歴問した。歴問というのだから、一人一人呼んで聞いたのだ。

「西蕃（西方の外国、ここでは百済の意）の献じ来った仏の相貌はまことに端厳で、これまで見たことのないほどのものであるが、礼すべきであるか、否か」

と下問した。大いに信奉したいとの気持の出ている言いぶりである。

この時代、大和朝廷で最も権威のあったのは、蘇我氏と物部氏であった。前者は大臣、後者は大連として、ならび立って朝政を執っていたのだ。

かつて栄えた葛城・平群・巨勢・紀などの諸氏は長い時代の推移の間に歴史の波間に沈んで、あるかなきかの勢いになっていた。大伴氏だけは比較的に勢いを保持していたが、これもこの前の時代が絶頂で、この時代には強弩の末勢となっていたのだ。

先ず、蘇我ノ稲目が奉答する。

「西方の諸国がみな信奉しているものを、日本だけ信奉しないという法はありますまい」

父祖代々外国文化に浸潤している家だ、この外国の宗教にたいしてあこがれがあったにちがいない。またその輩下としている帰化人にはすでに仏教を信奉している者が多数あったであろうから、それらを掌握支配するためにも、仏教を受入れる必要があったろう。こう主張したのは最も当然なことであった。

次には物部ノ尾輿と中臣ノ鎌子とがこう奉答した。

「わが日本の天皇たる方は、古来固有の天神地祇百八十神（ももあまり八十の神）を尊崇し、春夏秋冬それぞれの季節に祭拝されるのが、重要なお仕事となっています。蕃神などを信奉されましては、国神のお怒りにふれ、たたりをこうむられましょう」

物部氏は神代以来の軍閥派で、武夫ということばの語源になったほどの家であり、中臣氏は神祇に奉仕する家柄だ。両家ともに保守的傾向のある家風であったに違いない。こんな奉答になったのはこれまた当然であった。

ついでに言っておく、この時の両氏の奉答した——天神地祇を祭ることが天皇の重大なしごとであるということばは、古代天皇の本質を知る上に大事な資料になる。つまり、天皇は祭司または巫的なものであったように推理されるのである。

相反するアンケートが出たので、欽明は決定することが出来ない。

「まろにはまだわからないが、稲目が信奉したいというのだから、これは稲目につかわそう。試しに信奉してみるがよい」

　といって、仏像その他をあたえた。

　稲目はよろこび、とりあえず小墾田（奈良県高市郡明日香村）の地に小堂をこしらえて安置し、仏道に帰依したが、間もなく向原の邸宅を寺として、ここに移した。これが後に豊浦寺または建興寺と呼ばれたもので、日本人の建てた最初の寺だ。その遺跡は高市郡明日香村豊浦にある。

　ところが、その後えたいの知れない瘡が大流行しはじめた。これまで日本人の見たことのない症状の瘡だ。治療の法がつかない。死者が続出して、人心恟々たるものとなった。

　排仏派の物部ノ尾輿や中臣ノ鎌子は、さてこそ国神の怒りの顕現として、急ぎ欽明の前に出て、

「この前臣らがあれほど申し上げましたのに、お聞き入れなく、異国の神を信奉させたりなさるので、こんなことになってしまいました。急ぎ信奉を禁断し、国神のお怒りをなだめ奉るべきであります」

　と奏上した。

　欽明もおじけづいている、早速、役人に命じて仏像を難波の堀江（淀川）に投げ捨てさせ、寺を焼かせた。

　この瘡を当時稲目瘡といったというが、これは天然痘であった。この頃の進貢船によって韓半島から渡来したのであろうが、当時の日本人にはその病気の経験がなく、従ってまるで抗病素がなかったので、猖獗の勢いをたくましくしたのであろう。

　この崇仏・排仏の争いは進歩主義と保守主義の争いであり、また豪族らの朝廷内における主導

権争いでもあったわけで、後に至るまで尾を引いて、闘争はますます激烈になるのだから、その点から言えば、崇仏・排仏の争いは閥族の抗争のほんの動機でしかないとも考えられるのだが、そうとばかり考えてはまた事の真相をあやまるであろう。古代人にとっては信仰のことは一大事だ。政治上のこと、経済上のことなどと同等あるいは以上に重大であったはずだ。

崇仏・排仏の争いは、一旦は排仏派の勝利に帰したが、これが決定的なものでなかったことは日本書紀の記述で明らかだ。欽明が海中から光ある樟の巨木を拾い上げて仏像二体を造らせたという記述があるからだ。といって、別段仏教が盛んになったという記述もない。特に禁じもせず、また奨励もしなかったから、記録にのこらなかったのだろうが、樟の巨材から仏像を二体も造ったとあるのだから、大勢としてはしぜんの間に浸潤し、欽明自身も相当な信者となっていたと見てよかろう。仏教には建築・彫刻・絵画・刺繡・織縫などの技術が付随しているのだ。文化には高きより低きに流れること水のような性質がある。文化的には真空に近かった当時の日本に仏教が駸々として入って来ないはずはないのである。

崇仏・排仏の争いが再燃したのは、次の敏達の時代である。敏達は日本書紀に「天皇仏法を信ぜずして文史を愛す」と記述してある。ここにいう文史とは儒書や史籍のことを言うのであろうから、その性格は、宗教的でなく、儒学好きの合理好みであったので、しぜん仏教にたいして批判的であり、これに乗じて、排仏派が積極的になったのであろう。

この時代、蘇我氏では稲目の子の馬子の代となっており、物部氏は尾輿の子守屋の代となり、前者は大臣、後者は大連として、相ならんで朝政をとっていた。

敏達の十三年に、百済から帰国して来た鹿深ノ臣という者が弥勒の石像一体、佐伯ノ連という者が仏像一体を持っていたので、馬子はこれらをもらい受け、司馬達等と池辺ノ氷田の二人に命じて、天下に仏道修行者をさがしもとめさせたところ、播磨国から高麗ノ恵便という還俗者をさがし出して来た。馬子はこれを導師として司馬達等の女の島というものを得度させて尼とし、善信尼と名のらせた。さらにこの善信尼を導師として漢人夜菩の女豊女、錦織ノ壺の女石女を得度させて尼とした。前者は禅蔵尼、後者は恵善尼といった。

ここに出て来る司馬達等以下の人物が全部帰化人である点、注意すべきであろう。日本の仏教は先ず帰化人にひろがって行ったのである。思うに正式渡来以前帰化人の間には相当ひろがっていたのであろう。前にあげた扶桑略記・水鏡・元亨釈書等の記述はこの点でも合理性がある。

書紀にこんな奇蹟が記述されている。

馬子は三尼を尊崇して、これを司馬達等と池辺ノ氷田とにゆだねて不自由なく衣食を供給させていたが、間もなく自邸の東に仏殿を営んで弥勒の石像を安置した時、三尼を招請して大供養を行なったところ、司馬達等は斎飯上に仏舎利を発見して馬子に献じた。馬子は試みにこれを鉄床にのせ鉄鎚でたたいてみた。すると、舎利には寸分の異状もなく、かえって鉄床と鉄槌とがみじんにくだけた。また舎利を水中に入れると、舎利はこちらの欲するままに深くも浅くも浮き沈みした。

この奇瑞によって、馬子も氷田も達等も、信仰益々深くなり、石川（奈良県橿原市畝傍町に石川の地名のこる。河内の石川の地名をうつしたのである）の屋敷に仏殿を造り、十四年二月に大野丘（今の橿原市和田にある）の北に塔を建てて仏舎利をおさめて大仕掛けな供養を行なったというのである。

書紀のこの記述を読んで、われわれの先ず感ずるのは、司馬達等が馬子の仏教信仰を強めようとして大いに努力しているようであることだ。馬子にとって仏教信仰は父以来の家の風であったにはちがいないが、これをリードしてさらに深めたのはこの帰化人らであったにちがいない。ここにも前述の扶桑略記等の書に記述してあることの合理性がある。司馬達等はその本国以来の仏教信者で、その信仰を抱いて日本に来て帰化したのである。

この頃馬子は病気になった。卜部《うらべ》（各氏の部曲《かきべ》中、占部あり。占断を職とす）に占断させると、こう判じた。

「おん父君稲目の大臣のお祀《まつ》りになった仏像が、ああいう悲惨な目におあいになったのでたたっておられるのであります」

馬子は早速子弟らを朝廷につかわして、このことを奏上した。

「そういうことなら、稲目の時の蕃神を祀るがよい」

と、敏達は許した。

馬子は弥勒の石像を礼拝し、延命を祈願した。

ところがこの頃から、また疫病が流行しはじめて、死者続出した。

物部ノ守屋と中臣ノ勝海《かつみ》（前出の鎌子とどんな続柄があるかわからないが、恐らくは子であろうか）とはまた奏上する。

「何が故に肯《あえ》て臣が言を用いたまわざる（どうしてまろらの申し上げることをお取り上げ下さら

ないのです）。先帝の時から陛下の時に至るまで、疫病流行し、死者無数、やがては民はつきてしまいましょう。これは皆蘇我ノ臣があの蕃神を信奉し、世にひろめているからのことであります」

何が故に肯て臣が言を用いたまわざると言っているのだから、これまでもしばしば諫めたのだ。

「灼然たり、よろしく仏法を断めよ」

と敏達は詔した。証拠歴然だ、即刻仏教を禁断するがよいという意味だ。

守屋はみずから寺に出張し、床几に腰をおろして指揮し、塔をきりたおし、仏像・仏殿とともに焼き、焼けのこった仏像は難波の堀江に投げこませた。

書紀はこの日天は仏法の迫害をかなしんで、雲なくして風雨したと記述している。その風雨の中に雨衣を着た守屋は勝ちほこり、馬子をはじめ司馬達等らの仏法信者らを呼び出して面罵したばかりか、馬子に尼さんらをさし出すように命じた。馬子はやむなく泣き悲しみながら尼さんらをさし出した。守屋は尼さんらの三衣（三種の袈裟。大衣・七条・五条）をはぎとり、縛り上げ、海柘榴市（奈良県桜井市金屋）の辻で尻に鞭を加えてこらしめた。

崇仏・排仏の争いがいちじるしく感情的になっていることがわかる。この点でも物部氏と蘇我氏の争いは食うか食われるかの苛烈なものとなって行きつつあったわけである。

こんな迫害が疫病の流行をとめるに何の力もなかったことは言うまでもない。ますますさかんとなり、ついには敏達も守屋も感染した。

この病いにかかる者はその身焼かれるがごとく、打たれるがごとく、砕けるがごとく、苦痛にたえかねて声を上げて泣きながら死んだので、人々はたがいに、

「こりゃただごとではない。こんなに火をおしつけられるように痛むところを見ると、ひょっとすると、あのホトケとかいう異国の神様を焼いた罪かも知れんぞ。その証拠には張本人の守屋ノ大連様もかかっていさっしゃるし、それを許しなされたみかど様もかかっていさっしゃるでないかや」

とささやき合った。

夏六月、馬子は奏して、

「まろの病気はまだなおりません。三宝（さんぼう）（仏・法・僧）の功力（くりき）でなければなおらぬだろうと思われます。どうか仏法を信ずることを許していただきとうございます」

と乞（こ）うた。

大臣たる馬子の嘆願を、天皇は拒（こば）みかねた。

「そなたひとりが信ずるならよろしい。余人にはゆるさぬ」

と条件つきでゆるして、あの三尼をかえした。

馬子はよろこんで、三尼を礼拝し、新たに寺を営んでこれに入れて供養した。

秋八月、天皇は痘瘡（とうそう）が重態になって死んだ。その殯（もがり）ノ宮（みや）（埋葬前しばらく死体を棺（ひつぎ）に入れて安置する宮）を広瀬に設けて、群臣が次々に出て誄言（しぬびごと）を奉る時のこと、馬子が太刀を佩（は）いて誄言しているのを見て、守屋は、

「猟箭（ししや）をおえる雀鳥（すずめ）の如し」

と笑った。馬子は小男であったのであろう。それが長い太刀を佩いて、悲哀の情をあらわすために身をふるわせて誄言をしているので、こういったわけだ。少しくどいが、

「見い、あの小男が太刀を佩き、ふるえながら誄言しているところを。とんと小雀が猟矢を食うたようじゃわ」

と意訳したら、気分が出るであろう。

守屋の番になる。これも手足をふるわせて誄言する。馬子は見て、

「鈴を懸くべし」

とあざ笑った。「ほ、ふるうことわの、手も足も。鈴をかけたらさぞ鳴りがよかろう」といった気味合いであろう。

信仰上の争いが、益々尖鋭化して来て、個人的の憎悪感情にまでなっていることがわかる。

この時の殯ノ宮には、さらに事件がある。敏達の異母弟穴穂部皇子は皇位に野心をもち、また皇后炊屋姫尊に思いをかけ、これを奸さんとして殯ノ宮におし入ろうとした。先帝の寵臣三輪ノ逆は兵士らをひきいて門をかためて、入れまいとした。穴穂部は怒った。

「誰だ、この門をかためているのは?」

兵士らは答える。

「三輪ノ逆でございます」

「不都合なやつ、開けろ!」

穴穂部は七度まで開門せよとさけんだが、逆はついに入れなかった。

穴穂部はいたし方なく立ち去ったが、後に馬子と守屋に向って、

「逆というやつは不遜なやつだ。この前殯ノ宮で皆が誄言を奉った時、やつは『朝廷を拭き清め

た鏡のごとく平和清浄ならしめるようにわたくしは努力いたすでありましょう』と申していたが、身分を考えないことばとは思わんか。先帝には皇子も皇弟も多数ある。さらに大臣・大連たるそなたらもいる。それをさしおいて、一人で朝廷を背負っているような言いぐさは不遜千万だ。まただ、あの時、まろは殯ノ宮の内を拝したいと思って入ろうとしたところ、やつは拒んで入れなんだ。まろは七度も開門をさけんだが、答えもしくさらなんだ。斬って捨てようとまで思うたぞ」

「仰せ一々ごもっともでございます。まことに無礼でございます」

と二人は答えたが、ことばは同じでも、二人の内心は違う。守屋は単純に穴穂部のことばに同意したのだが、馬子は穴穂部の野心を見ぬいていたので、その場の調子を合わせただけなのであった。これがわかったのであろう、穴穂部はいつか守屋だけを抱きこんで、逆を殺す相談をし、ついに翌年になると、兵をくり出して、磐余池(いわれのいけ)のほとりで逆を包囲しようとした。逆はこれを知り、身を三諸山(みむろ)にかくし、夜中ひそかに忍び出て、炊屋姫皇后の別荘に入って潜伏した。

穴穂部と守屋は厳重に探索したが、どこにいるかわからない。すると、逆の同族の三輪ノ白(しら)堤(づつみ)と横山(よこやま)とが、逆のかくれがを密告した。

穴穂部は守屋に逆とその子を誅殺(ちゅうさつ)してくるように頼んだ。守屋は引き受けて炊屋姫皇后の別(べつ)業(ぎょう)に向った。こんなところを見ると、守屋は穴穂部を皇位に即(つ)ける約束をしていたのだろう。思うに、そうすることによって馬子を圧倒し得る権勢の地に上り得ると目算していたのであろう。

馬子は逆の急を聞き、穴穂部を諌言(かんげん)すべく穴穂部のところへ行くと、その門前で穴穂部とばったり出逢(であ)った。

「いずれへ？」

「大連（守屋）の家へ行く。大連が逆めを征伐に行ってくれたから、まろも行こうと思うのだ」

「皇子たるべき方々は刑人（つみびと）にお近づきになってはならないものであります。ご自分で行かれるなど、もってのほかのことであります」

と、馬子は諌めたが、穴穂部はきかない。馬子はせん方なくついて行き、磐余まで行って、また諌めた。手きびしい諌言であったので、さすがに穴穂部はおれた。

「それほどまでそちが申すのだから、行くのはやめよう。しかし、ここで大連を待とう」

といって、床几をすえさせ、それに腰をおろした。

間もなく、守屋が来た。

「逆らを斬ってまいりました」

馬子は嘆息し、なげいた。

「ああ、天下の乱は遠からずして来るであろう」

「みことのような異国かぶれの者に何がわかろう」

と、守屋はせせら笑ったという。

三

敏達の次に立ったのは欽明の第四子用明であった。母は稲目の女堅塩媛。すなわち馬子の妹だ。

馬子が擁立したのであることは言うまでもない。穴穂部を擁立しようとする守屋との競争に勝ったのであろう。

用明は即位二年の初夏の頃から病気になった。疱瘡だ。用明は心細くなったのだろう、群臣にこう告げた。

「まろは三宝を信仰したい気になった。皆の者集まって相談してくれい」

用明がこんなことを言い出したのは、たぶん馬子がすすめたのであろうと思う。

廷臣僉議がはじまった。すると、守屋と中臣ノ勝海とは、真向から、また反対論をたたきつけた。

「これはみかどの仰せとも思われぬ。どうしてみかどともある方が国神にそむいて異国の神を崇敬さるべきであろうぞ。かかる道ならぬことは、古来聞いたこともないわ！」

馬子は反駁する。

「みかどの仰せは三宝をご信仰なさるについての方法を相談せよというのでござる。まろらはそれについての相談をいたすべきで、ご信仰なさるのがよいの悪いのと僉議申すのは、越権でござろう」

正理だ。守屋のことばがふさがった。そこで、穴穂部に豊国法師をつれて来させた。この僧は百済人で、来朝後しばらく豊後にいたことがあるので、こう呼ばれていたのであるという。

穴穂部は先々帝欽明の子、先帝敏達と現帝用明の異母弟だが、馬子の妹小姉君の所生だから、血統上からいえば蘇我氏と親しかるべき人であった。しかし、殯ノ宮の時のことや、三輪ノ逆事件のこと等によって、馬子と不和になり、守屋と親しくなっていた。守屋が彼を皇位に擁立したがっていたらしいことは、すでに述べた。その穴穂部が、天皇の言いつけとはいえ、法師を連れて来たので、守屋は大いに気を悪くして、にらみつけていた。

すると、その時、史（書記）の毛屎という者がいかにもあわてた風で守屋の側にやって来て、耳もとで、

「群臣らが卿に何ごとかを企てています。ご帰路を遮断されるおそれがあります」

とささやいた。史のことばに「群臣」とあるところを見ると、朝廷内の人々の勢力の分野は、蘇我に党する者が圧倒的に多かったのではなかろうか。

守屋は形勢非と見て、朝廷を去って、阿都の別業に行って、味方をつのった。阿都は河内国渋川郡跡部郷、今の大阪府八尾市渋川である。

中臣ノ勝海も自宅で味方を集めて、守屋と呼応の勢いをなした。彼はまた敵党の皇族である彦人皇子と竹田皇子の像をつくってこれを呪咀した。神祇を祭る家の当主である勝海にしてみれば、呪咀などお手のものだ。大いにやったにちがいないのである。この二皇子は先帝敏達の皇子で、有力な次代の天皇候補者だ。守屋党にとっては好もしい人達ではないのである。

ところが、しばらくすると、勝海は守屋党に勝ちみはないと計算したのか、あざむいてあとで裏切る謀略であったのか、にわかに水派ノ宮（今の北葛城郡広陵町大塚にあったという）にいる彦人皇子のところに行って、帰服した。皇子の舎人迹見ノ赤檮は剛勇な男だ。誰かの密命を受けたのか、それとも自分の思案でこの帰服を謀略と判断したのか、行動の卑劣さを憤ったのか、太子伝暦（聖徳太子の伝記。平安朝上期に成ったもの）によると、馬子の命を受けとあるが、とに

かくも、勝海が水派ノ宮から退出して帰宅する途中に待伏せしていて、斬り殺してしまった。「刀(たち)を抜きて殺す」と、書紀にある。

守屋は阿都から物部ノ八坂(やさか)・大市(おおち)ノ小坂(おさか)・漆部(ぬりべ)ノ兄(あに)の三人を馬子のところにつかわしてこう言わせた。

「まろは群臣らがまろを殺そうと謀(はか)っていると聞いた故、こちらにまいっている」

書紀の文章を直訳すると、この時の守屋の口上は以上のように簡単なものだが、おそらくこれには、「まろもむざむざと討たれはしませんぞ。用意は十分にととのえていますでな」との挑戦(ちょうせん)の含みがあったにちがいない。でなければ、この守屋の使者の口上をきいて、馬子が防備体制をとった理由がわからない。

馬子は、人をつかわして、大伴ノ毗羅夫(ひらぶ)に守屋からの口上を告げた。すると、毗羅夫は武装して、馬子の家に来、昼夜をさらず馬子を守護しつづけた。

この前の時代、大和朝廷を組織している諸豪族中、大伴氏は最も栄えていた。大伴ノ金村(かなむら)などという人は、その時代の第一人者として権勢をふるったのだが、彼を絶頂として降り坂になり、この頃ではすっかりおとろえ、蘇我氏の走狗的(そうくてき)存在になり下っていたことがよくわかるのである。

四

物部氏と蘇我氏とがたがいに警戒しながらにらみ合っている不穏な緊張がつづく間に、用明天皇は次第に重態となり、ついに崩御された。在位わずかに二年であった。

空位となった皇位をめぐって、継承の争いがおこった。守屋はもちろん穴穂部皇子を立てようとするし、馬子は穴穂部の同母弟である泊瀬部皇子を立てようとした。

この時の両者の勢力は、馬子の方が朝廷内に党与も多数もっていたようで、いくらか歩がよかったように思われるが、守屋の方もそれほどおとっていたわけではないようだ。このことに関する資料は日本書紀と太子伝暦よりなく、しかも両書とも記述が簡潔をきわめているからよくわからないのだが、争いが長引けばどうなるかわからない形勢にあったように思われる。その程度の勢力のかね合いであったようだ。

馬子は機敏な男だったらしい。自分の妹堅塩媛が欽明との間に生んだ皇女で、彼にとってはつまり姪にあたるわけだが、先々帝敏達の皇后であった炊屋姫尊を籠絡し、

「穴穂部皇子と宅部皇子とを誅殺せよ」

との命を三人の豪族に下してもらった。

宅部皇子は、欽明の皇子であるという説があり、欽明の先帝である宣化の皇子であるという説があり、系統のよくわからない皇族だが、穴穂部と親しくしていたので、馬子方にとっては好ましい存在ではなかったのであろう。

命を受けた豪族らは、夜半兵をひきいて穴穂部の宮殿を包囲した。兵士らは楼にのぼって穴穂部を襲って肩を斬った。皇子は楼上からまろびおち、近くの家屋に逃げこんだが、兵士らは灯をかかげてさがし出して殺した。翌日、宅部皇子も殺された。

以上は五八七年の六月七日から八日にかけてのことであったが、翌月、馬子は諸皇子と群臣（実際には諸豪族といった方が正しかろう）とを集めて会議し、守屋征伐のことを主張し、これを決議し、一同うちそろって兵をひきいて、河内国渋川の守屋の家に向った。この渋川の家というのは前出の阿都の別業のことである。

この報告を受取った守屋は、一族の子弟や奴隷を部署し、稲城（いなき）をきずいて、防戦の用意をした。稲城というのは古代史にしばしば出て来るが、よくわからない。書紀の垂仁（すいにん）紀に「忽（たちま）ちに稲を積みて城（き）をつくる。その堅きこと破るべからず。これを稲城といふ」とあるところから、防壁を急造しなければならない場合、稲を刈取ってそれをうず高く積み重ねたのだというのが通説になっているが、唐書の日本伝に、日本には城郭というものがなく（都市の周囲に城壁がないの意であろう）、事ある時には木を立てつらねて柵（さく）として敵を防ぐ、だから城と木とは同訓なのだとあるところから、稲城も木柵に関係があると思われるが、くわしいことはわからないという説もある。ぼくは今日地方の稲田で秋の刈入れ時によく見る、稲の掛干（かけぼし）のようなものではなかったかと想像している。すなわち柱を立て、横木をいく段にもわたし、それに稲をかけたものだ。当時は矢（や）戦（いく）さだから、稲を厚くかければ、十分に矢は防げたはずと思うのだ。

やがて官軍はおしよせて来た。神代以来武勇をもって鳴った物部氏であり、家の存亡を賭けた戦いだ、防戦は壮烈をきわめた。「その軍強盛にして家に塡（み）ち野に溢（あふ）れたり」と書紀にも太子伝暦にもある。守屋自身は朴（え）ノ木（き）（伝暦には大榎木（おおえのき））によじのぼり、枝間に踞（きょ）してこぶし下りにさしつめ引きつめ矢を射放った。その矢が雨のようであったので、よせ手の軍勢はおじけづき、退却すること三度におよんだとある。

聖徳太子、当時の名厩戸皇子はこの時十五の童髪で寄せ手の軍勢の中にいたが、仏神の加護によらずんばこの剛敵に打ち勝つことはむずかしいと思案し、勝軍木の異名があり、また仏教の祈禱や修法の際護摩を焚く時の乳木に使う白膠の木を切り取って手早く四天王の像をきざんで、自らのたぶさの中にこめ、

「この戦さに勝利を得しめ給うなら、四天王のために寺塔を建立するでありましょう」

と祈願をこめた。

馬子もまた誓願を立てた。

「仏法守護の諸天王・大神王らよ、味方を加護あって勝利あらしめ給わば、諸天王と大神王のために寺塔を建立して、仏法の弘通に努力するでありましょう」

これらのおごそかな誓願がおわってから、諸隊を厳重に立てなおして進んで行ったとある。仏法守護の諸天善神の加護のあらたかであることをよく兵士らに説き聞かせて勇気を鼓舞し、隊伍を組みなおし、整々と押して行ったのであろう。

すると、寄せ手の中の迹見ノ赤檮、前にも出た、彦人皇子の舎人（太子伝暦には聖徳太子の舎人とある）で、中臣ノ勝海を殺した男だ、勇敢で鋭い男なので、守屋のよじのぼっている大木の下に忍びより、弓を引きかため、ねらいすましてフッと射放った。その矢があやまたずあたって、守屋は高い樹上からまっさかさまに、どうとまろびおちた。太子伝暦では聖徳太子が赤檮に命じて、四天王に祈願をこめた矢をあたえて狙い射ちさせたとあるが、この書物は太子をえらいもの

に書くことに全力をあげているのだから、ちょっと警戒を要する。

「したりや！」

守屋方がおどろきあわてる間に、寄せ手は殺到して、守屋の首を斬り、守屋の子弟らを討取った。さしも勇敢であった物部方も意気沮喪(そそう)、忽ちくずれ立ち、ちりぢりになって敗走した。「悉(ことごと)く皁(くろ)き衣(きぬ)を被(き)て、広瀬の勾(まがり)の原(はら)に馳猟(ちりょう)するごとくにして散ず」と書紀にある。日本式発想になる漢文だからわかりにくい。全軍黒衣を着た物部方の軍兵(ぐんぴょう)らが、馬を駆って思い思いに逃げ散って行く有様は大和の広瀬の勾原で馬を駆って猟をする人のようであったという意味であろうか、あるいは広瀬の勾原で馳猟されて逃げ散る野獣のようであったと書きたいところを、つい舌足らずにこんな文章になってしまったのであろうか。しかし、とにかくも、黒いきものを着た物部方の兵士らがちりぢりに逃げ散って行った有様は大体想像がつく。

どうやら生きのこった守屋の子供らと一族の者らは、あるいは蘆原(あしわら)（伝暦によれば物部氏の領地の一つである。しかし、場所は不明）に逃げこんで、身分をかくし名前をかえるもあり、あるいは行くえ不明になるものもありして、神代以来の名家であり、とりわけこの数十年の間は蘇我氏とならんで最も栄えていた物部氏は、ここにほとんど尽亡(じんぼう)してしまい、以後大和朝廷は蘇我氏のひとり天下となる。時に五八七年七月。

この乱が平ぐとすぐ、厩戸皇子（聖徳太子）は、誓願をはたすために摂津(せっつ)に四天王寺を建立した。今の大阪の四天王寺だ。伝暦に玉造(たまつくり)の岸上に建てたとある。当時玉造は大河や沼に三面をかこまれた台地だったので、岸上といったのだ。今の場所には推古元年にうつした。

この時、馬子は物部氏の奴隷と田荘とを両分して、一半を四天王寺に寄進し、一半は彼の妻が守屋の妹であったので相続権があると言い立てて、自家のものとした。太子伝暦によれば、四天王寺に寄進された奴隷が二百七十三人、田地が十八万六千八百九十代(しろ)(一代は約五歩)、住宅が三カ所である。物部家の全財産はこの二倍ということになる。当時の大臣・大連家の富の程度がわかろう。後世の大名にくらべれば大したことはない。

馬子もまた誓願をはたすために飛鳥(あすか)の真神原(まがみのはら)に寺を建立した。この寺の名は飛鳥寺ともいい、法興寺ともいい、元興寺ともいう。

また、守屋を射殺した殊勲者迹見ノ赤檮は、物部氏の遺領の中から、賞として一万代をもらっている。

五

物部氏のほろんだ翌月、馬子は炊屋姫皇太后とともに、泊瀬部皇子を皇位につけた。崇峻天皇である。馬子の妹小姉君の所生であることはすでに書いた。今や蘇我氏は朝廷中唯一の権勢ある豪族であるばかりでなく、全皇族中で最も尊貴な位置にある炊屋姫皇太后も、現天皇崇峻も、皆蘇我氏の所生だ。蘇我氏の権勢は増大するばかりであった。

崇峻は英明な資質ある人であったようだ。即位の翌年には東山道・東海道・北陸道にそれぞれ人をつかわして、各方面から蝦夷(えぞ)の動きを視察させている記事が見える。四年に紀宿禰男麻呂(おまろ)・

巨勢臣猿・大伴連囓・葛城臣烏奈良（変な名前だが、太子伝暦には小楢とあるから、オナラと読むに間違いない）の四人を大将軍に任命して、兵二万余（伝暦には二万六千とあり）をひきいて、九州に出動して待機させ、使者をそれぞれ新羅と任那につかわしている。返答の次第ではすぐに繰り出させるつもりだったのだ。

　日本の朝鮮半島における勢力は新羅と高句麗とが盛んになってからおとろえはじめて、ここに至るまで百年にもなる。三十年前にはついに日本の半島経営の根拠地であった任那の日本府は新羅にほろぼされてしまった。大和朝廷は三韓は昔ながらに自分の属国だという考えをすてはしなかったが、半島の地にはもう足場はなかったのだ。崇峻はこれを回復しようとして、その実行の第一歩をふみ出したのである。蝦夷にたいするやり方といい、朝鮮対策といい、凡庸な人の考えることではない。相当に英明な資質のあった人のように思われるというのは、この理由による。軍事にかたよっているのは、内政方面のことは馬子がひとりで処理して、崇峻に手を出す余地なからしめていたからでもあろうし、天性武勇好みの人であったとも思われる。

　大体、英明で剛毅な資質のあった人と断じてよいと思う。そう解釈すれば、これからおこる事件がきわめて自然なものになって来る。

　このような人であったので、馬子が権勢をふるい、ややともすれば天皇たる自分を圧迫するのを腹にすえかねたのであろう、太子伝暦はこんな話を伝えている。

　ある時、崇峻は聖徳太子に言った。

「君臣の分というものは定まったものであるのに、馬子には少しもその心がない。あの男は仏教を信奉して外面をかざっているが、本心は私利私欲の念しかない人物だ。和順忠義の志などさらにない。まろは時々がまんのならない気持になることがある。そなたにはそんなことはないか」

「馬子は仰せの通りの人物ではありますが、その盛んな権勢は急にはどうすることも出来ません。仏法においては最も忍辱(にんにく)の徳を重しとしています。陛下も隠忍自重なされて、慈悲の徳をお積みになられますよう。くれぐれもお口をつつしみなされて、めったなことは口外なさらぬように」

と聖徳太子は諫めたというのだ。

馬子にとっては甥であり、馬子の力で皇位につくことの出来た崇峻ではあるが、英明剛毅な人だけに、飾雛(かざりびな)のような天皇でいなければならない立場や、陰に陽に加えて来る馬子の圧迫に、次第にがまん出来なくなって来た崇峻の気持は、よくわかるのである。

即位五年の冬十月四日のこと、猪(いのしし)を献上したものがあった。崇峻はそれを見て、ふと口走った。

「いつ、この猪の頭を断つがごとく、まろが憎いと思っている者の首を断つことが出来るであろうか」

書紀や伝暦の記述は簡単過ぎてわからないが、膳部(かしわべ)が切りわけているのを見ていてのことか、自ら刀をぬいてスッパリと猪の首を斬って口走ったことにちがいない。

書紀はこの記述にすぐつづけて、「多数の武装した兵士らを召すこと、普通に越えた」と記述している。馬子誅伐の計をめぐらしつつあったところに猪を献上するものがあり、昂奮のあまり刀を引きぬいて猪の首を切り、更(さら)に昂奮して口走ったのかも知れない。

太子伝暦には、この時聖徳太子は崇峻に侍坐していたが、崇峻のことばをきいて驚き、にわかに曲宴（小宴会、内苑に臣下を引きとめて賜う宴、大宴と相対するもの）をひらいて人々に物をあたえてかたく口どめしたというが、そのかいもなく、数日の後には筒抜けに馬子の耳に入った。

馬子は驚きもし、怒りもした。

「血のつづいている伯父甥ではないか。まろの力によって皇位にもつくことが出来たのではないか。恩義も情愛もないお人じゃなあ。そういうお気持なら、こちらにも覚悟がある」

と思い立った。

太子伝暦によると、馬子は東ノ漢ノ駒を召して、ひそかに命じた。

「そなた、おれがために、天皇を失い申してくれぬか。ほうびはそなたの望むがままに取らせるぞ」

説明するまでもなく、漢氏は中国系の帰化人の子孫だ。漢の霊帝の曾孫と称する阿智王（阿知使主）が日本に帰化し、その部族が織法に長じているところから、「漢」字を「アヤ」と訓じて氏の名として賜わった。これが漢氏のおこりだ。その大和にあるを東ノ漢氏といい、河内にあるを西ノ漢氏といった。西ノ漢氏は博士王仁の子孫ともいう。代々蘇我氏と親分子分的関係がある上に、駒は性癡驕であり、また胆力があったという。思慮足らないお調子もので、おまけに肝太く体力があったのだ。彼は禁中に出入りする資格もあったので、夜間とのいの人々のところに行って、

「陛下はどうしておじゃる。ようおやすみでござるか」

と問うと、人々はよくお寝みであると答えた。

「ああ、それはよいこと」

駒は直ちに刀をぬいてご寝所内に入り、崇峻を弑してしまった。人々は大いにおどろきあきれ

さわいだ。馬子は人をつかわし、さわぎ立てる者を多数召捕ったので、人々はこの弑逆が馬子のさしがねでおこなわれたことを知って、口をつぐんだとある。

書紀には、十一月三日に、馬子が朝廷の群臣らを、今日は東国から貢物が天皇に献上されることになっているとあざむいて、駒を崇峻に近づけて弑殺させたとある。何か献上ものらしいものを持って擬装して近づいて行ったことを示すために、こんな書き方をしたのであろうか。例によって書紀の文章は舌足らずだ。ともあれ、これが蘇我ノ馬子の大逆事件と言われて、日本史上の大事件になっているものだ。

東ノ漢ノ駒については後日譚がある。書紀と太子伝暦の記述を綜合するとこういうことになる。駒はこの大仕事をやりおおせたので、馬子に大いに気に入られ、財物をもらうこと無数、馬子の家の奥殿にさえ自由に出入りすることを許されるようになった。以上は伝暦の記述だが、馬子はよろこんで許したわけではなく、弑逆を命じたことを口外されるのを恐れて、駒が功にほこって勝手なことをするのを禁ずることが出来なかったのであろう。

そのうち、駒は馬子の女河上ノ娘を誘惑してこれと密通し、どこへか連れ去ってしまった。馬子は駒が誘拐したとは知らない。「死に去りきと謂ひき」と書紀にあるから、魔物に蕩かし去られてとてももう生きてはいまいと思ったのであろう。そのうち、駒が連れ去ってかくまい、夫婦気どりでいることがわかったので、大いに怒り、駒を捕え、その髪をもって庭前の樹の枝につり下げ、みずから弓を取って立ち向い、

「この漢奴め、おのれはおれがいいつけたとて、天皇を弑し奉った。その一罪じゃ！」

とののしって一矢を放ち、

「お調子ものめ、おれが怒りに駆られて言った事じゃのに、無思慮にもすぐ天皇を弑し奉った。その二罪じゃ」

と言って二矢を放ち、

「おのれは天皇の嬪をぬすんでおかしおった。その三罪じゃ」

とさけんで三矢を放った。

これは伝暦の記述なのだが、「天皇の嬪」とあるところを見ると、河上ノ娘は崇峻の嬪となっていたのであろうか、それとも、「天皇の嬪としようとおれが心組んでいた娘」という意味であろうか。

駒は一罪を数えられる毎に矢を射立てられたが、決してわびようとせず、

「わしは当時ただ大臣あるを知って、天皇の尊ぶべきを知らなかったのでござる」

と大声疾呼したという。

馬子は大いに怒って、剣をぬいて投げつけて腹を刺し、腸をえぐり出し、次に首を斬って殺したとある。

この事件など、あるいは実際は馬子が娘を餌にして駒に大逆をおかさせておいて、口を緘するためにこうして殺したのかも知れないのである。馬子の知恵のたくましい、表面は篤信な君子人の風をした、陰険な性質の人であったように想像される。彼が小男であったことは、敏達が死んでその殯ノ宮において彼が誄言を奏した時の物部ノ守屋の悪口でもわかる。知恵たくましく、陰

険な小男という風貌を、われわれは想察する事が出来るのである。

六

崇峻の死後、皇位についたのは炊屋姫皇太后（敏達の皇后、馬子の妹堅塩媛の所生）であった。書紀には、群臣が皇太后に践祚あらんことを乞うたが、皇太后はこれを辞退したので、百官は表を上ること三たびにおよんだ、皇太后はやむなく即位を承諾したと記述している。しかし、形式はそうでも、事実は馬子の意志によるのであろう。当時蘇我系統の皇族には、この皇太后と用明の皇后であった穴穂部ノ間人皇后と厩戸皇子（聖徳太子）の三人あったのだが、蘇我氏に血統が近くもあれば、皇族として最も尊貴な地位にもあったのは、この皇太后であったのだ。馬子が大いに策動したことは容易に推察できる。あるいは策動するまでもなく、馬子の意志がこうであるとあっては、豪族らや百官の方から進んでその運びにしたのかも知れない。権勢になびく人心は常にそんなものなのである。ともあれ、こうして即位した炊屋姫皇太后が、推古天皇である。

問題は推古が女帝であるという点である。神功皇后と飯豊青王女（顕宗・仁賢両天皇の姉君で、顕宗天皇の前にしばらく皇位にあったのではないかと一部の歴史家に考えられている人）とを歴代の中に数えれば別として、でないかぎり、女帝としては推古が最初の人である。よほどに無理な即位と考うべきだ。辞すること三たびにしてやっと即位したというのも、先例のない即位であったからであろう。

後世江戸時代になって、このことについて、荻生徂徠が「徂徠集」で、中井竹山の弟子山片芳秀が、師に聞いたこととして、「夢の代」で、この無理な即位を合理化するために、この時代に天照大神を女神にしたのであろうとの説を立てている。これは戦前には暴論として一蹴されていたのであるが、国史の研究にタブーのなくなった今日では、再吟味してよい説だ。日本の神話は各氏族がその祖神の話としてばらばらに伝承していたのを、大体この時代に皇室の祖神と血縁的関係を持つように編成しなおされたらしいと説いている人が、現代の歴史家には少なくないのである。この時代が日本神話の改編時代だとすれば、徂徠や竹山の説も妄説として捨て去るわけには行かないのである。

推古の即位の翌年（五九三）四月、厩戸皇子を立てて皇太子とし、これが万機を摂政することになった。厩戸皇子は用明天皇（母は馬子の妹堅塩媛）と穴穂部ノ間人皇后（母は馬子の妹小姉君）との間に生まれた人で、父方からも母方からも蘇我氏の血を受けている。その上、皇子の妃は馬子の女だ。蘇我氏と重々の血縁のある人だから、馬子は皇子にたいして十分な信頼を持っていたにちがいない。

厩戸皇子――聖徳太子は仏教の保護者、仏陀の化身として後世長く日本人に尊崇せられた人であるだけに、江戸時代になってその評価の反動が来た。仏教ぎらいの儒者や国粋主義の国学者らが、鋭い批判を浴びせかけるようになり、今日でもそれを踏襲している人が少なくない。

それらの批判のうち最も痛烈なのは、太子が馬子の大逆を黙過していることに対してだ。林羅山・新井白石・伊勢貞丈らや国学者らは、この時の太子の態度を非難して、仏教に心酔するあまり日本の国がらを忘れたのだといい、春秋の論法で、太子自身弑逆を行なったと同断であるとまで論じている者さえある。

しかし、これは当時の情勢をよく考えない刻薄な議論だ。傍観せざるを得ないほど馬子の勢力が大きかったのだと考えるべきであろう。いかに彼の勢力が大きかったかは、縷々述べて来たところでわかるであろうが、端的には東ノ漢ノ駒の死に臨んでの絶叫によくあらわれている。

「吾その時に当ってはただ大臣を識るのみ。未だ天皇の尊きことを識らず」

といっているのだ。

これほどの大勢力のある蘇我氏を敵とすることは、絶対に敗北をまぬかれず、少なくとも天下の大乱となったにちがいない。

太子は当時の最高のインテリだ。彼は中国の進んだ文化をとり入れて、日本を文化の花咲きにおい、制度完備の新しい文明国家として再編成することを理想としていたのだ。この理想を実現することが日本の幸福となり、皇室の栄えともなると考えていたに相違ない。それには勝算のない馬子征伐をはじめるより、むしろ馬子を懐柔し、制御し、その勢力を利用するのが、最も賢明な方法と考えたのだと思う。この点、馬子は外国文化好みの進歩派には違いないのだから、都合はよかったはずである。要するに、太子には非難を受けてもなおあまりある抱負があると見るべきであろう。それは太子のこの後の生涯が立派に証明するのである。

太子の摂政の時代、それは五九三年からその死に至る六二一年まで、二十八年間にわたるのであるが、この期間は太子と馬子とが合議して政を執っていたと見てよい。しかし太子は賢明でもあれば手腕もあって、大体において馬子をリードしているようである。
仏教の奨励、十七条憲法の制定、この憲法の精神による中国的統一君主国家に向っての進み、文化の奨励、冠位の制定、遣隋使(けんずいし)・留学生・留学僧の派遣、国史の編纂(へんさん)、各地における灌漑(かんがい)用池の建設等のことは、すべてが未開野蛮の域を脱しなかった日本を文明国にしようとの努力のあとであり、豪族の連合政権的古代体制をまだ濃厚にのこしていた日本を天皇を中心にした国家体制として、当時最も進んでいると考えられていた中国式の中央集権・郡県制度の統一国家に向っての置石(おきいし)であり、また組織としては氏族の力を排除した、官僚による政治組織への孜々(しし)たる歩みのあとであった。

つまり、太子は精神界・物質界両面にわたって、旧日本を改造して新日本を打ち立てようと努力し、いろいろと革新的な施策をこころみたわけだが、強力な反対をすればし得る力を持っている馬子がいたのに、摩擦が表面に出て来ていないのは、馬子が敢(あえ)てそれをしなかったからだと思われる。太子の手腕の卓抜(たくばつ)さによると見てよいであろう。太子は馬子をリードしていたのである。

しかしながら、晩年の太子は馬子にとっては相当警戒すべき人になっていたにちがいない。ある程度までの天皇権の強化は、天皇家に密着している蘇我氏の権勢をも強くすることであったから、馬子もそう反対ではなかったろうが、それには限度があった。蘇我氏の手におえないほど強くしてはならないのだ。太子の施策が次々に進められて行くにつれて、馬子は、「これは油断ならない」と、思いはじめたであろう。

しかし、その太子は六二一年、推古の即位二十九年に病死した。馬子はほっとしたにちがいない。

ほどなく、太子在世中は影をひそめていた馬子の専横があらわれて来た。太子の死後三年、馬子は自分に阿付している豪族阿曇連と阿部臣摩侶をして、推古に、

「葛城の県は元来わが蘇我一族の本居の地であります。まろは常にその県をほしいと思っています。願わくは恩賜の土地としたいと思います」

と要求させた。

葛城の県はたしかに蘇我氏の本居の地だ。蘇我氏はここを占有していたので、山をこえて河内の石川地方に進出し、それが蘇我氏が大和朝廷の経済権を掌握する遠因をつくったことは前に述べた。それが、いつの頃からか、蘇我氏が献上したか、嫁入りの持参地としてか、天皇家のものとなってしまっていたのであろう。推古は馬子のこの露骨な強請に腹が立ったらしい。しかし、女のことだし、この時七十という高齢だ、やわらかに、事理をつくして拒んだ。

「まろは蘇我氏の出で、大臣はまろが伯父です。それ故に大臣の頼みは、夜頼まれればその夜のうちに、昼頼まれれば日の暮れぬうちに、全部ききいれて来ました。しかしながら、この頼みばかりは考えなおしてもらいましょう。もしこれを許したら、後世次々に皇位に即く人々は皆、おろかな女帝の時に天皇家はこの領地を失ったというでありましょう。そうなっては、まろの恥であるばかりでなく、そなたの恥にもなろう」

と言ったのだ。

馬子は女帝を侮って、朝廷御料の地を奪おうとしたのだ。

翌々年、六二六年夏五月二十日に、馬子は死んで、子の蝦夷がかわって大臣となった。

七

蝦夷が大臣となって翌々年に、推古天皇が死んだ。皇位継承の争いがまたおこった。この皇位継承の争いは、推古の末期の遺詔があいまいをきわめたところから紛糾した。

当時皇位継承権をもつ皇族として最も有力であったのは、敏達の皇子で押坂彦人皇子の子田村皇子と、聖徳太子の子山背大兄王の二人であった。推古は末期にのぞんで、二人を別々に呼んで遺詔したのだが、それがいずれも意味が明確でない。

田村皇子には、

「天位に昇つて、鴻基（あまつひつぎ）を経綸し、万機を馭し、以て黎元（民）を享ふことは、本より輙く言ふべきにあらず。恒に重るところなり。故に汝慎んで以てこれを察かにせよ。輙く言ふべからず」

と言い、山背大兄王には、

「汝は肝（心の意）稚し。もし心に望むといへども諠言（やかましく言う）するなかれ。必ず群言（多くの豪族らのことば）を待ち、以て従ふべし」

と言ったと、書紀は記述している。

前者は、

「天位に昇って皇統をつぎ、万機の政をとって万民を養うことは、大へん重大なことです。

軽々しく口にすべきことではない。常に慎重に考えなければならんことである。だから、そなたはよくよく心をひきしめてよく事情を考えなさい。軽々しく口にすべきことではありませんぞ」

と口語訳してよいであろうし、後者は、

「そなたはまだ心が未熟だ。もし心に希望していても、やかましく言ってはならない。豪族らの言うことを待って、これに従いなさいよ」

と口語訳してよいであろうが、口語訳してみたところで、いずれもはっきりしない。

思うに、これは言いまわしこそ違うが、両方へ、

「皇位継承のことは、諸豪族らの相談によって決定しなさい。自分の口から皇位につきたいと言ってはなりません」

と訓戒したにすぎないのだと思うが、七十五という老齢のお婆さんなものだから、言い方が婉曲にすぎて、明快を欠くことになったのであろう。ところが、両人ともに自分がなりたいのだ、自分の方に歩があるように受取ったのは当然のことであった。ひいきする人々はなおさらのことだ。あるいは、あまり上手でない漢文訳してしまったので、推古のほんとの口吻が飛んでしまったらしいのだが、それでも両方をくらべてみると、田村皇子にたいする方はひどくものものしく、それだけによそよそしいともいえる。これに反して山背大兄王にあたえた方は「汝は肝稚し」などと遠慮のないことを言い、つかっていることばもなだらかで、それだけ情がこもっていると言えないことはない。推古は山背大兄王の方を愛し、こちらに意があったのかも知れないが、遺言者が死んでしまうと、ことばの持つニュアンスは力ないものになる。もっぱら意味がものを言う。

紛糾せざるを得ないことになったのだとも考えられる。とにかくも、次の天皇は、九月大葬がすんでもきまらなかった。

ところで、豪族らはどちらにひいきしたかといえば、一番の勢力者である蝦夷は、田村にひいきした。したがって、これに同調する豪族が多い。山背大兄方は、蝦夷の叔父である境部(さかいべ)ノ摩理勢(まりせ)の一族と、山背大兄の異母弟泊瀬ノ仲王(なかのみこ)くらいのものだ。

一体、血の続きの上から言えば山背大兄の方がずっと蘇我氏に近い。田村は四代前にさかのぼっても蘇我氏とは全然血縁関係がない。山背大兄の父は聖徳太子だ。太子が重ね重ね蘇我氏の血を受けていることは前に述べた。母は負古(おうこ)ノ郎女(いらつめ)だ。これは蝦夷のきょうだいだ。父系母系ともに蘇我氏の血は最も濃厚だ。賢不肖の点も、これまた山背大兄の方がすぐれている。田村はやがて皇位について、舒明(じょめい)となる人だが、その在位十三年間に摂津の有間(ありま)に三度、伊予の道後に一度、湯治に行っているくらいで、病身だったらしいのだ。反対に山背大兄の方は至って賢明だ。それは書紀の記述でよくわかる。聖徳太子の子だから人望もあった。

聖徳太子の晩年、太子が蘇我氏にとって警戒すべき人になっていたことは、前に述べた通りだ。太子は天皇権の強化を目ざして孜々たる努力をつづけていたが、蘇我氏としては天皇家は蘇我氏の繁栄に役立つ程度に栄えていればよいので、その限界を越えさせてはならないのだ。それが蘇我氏の伝統的——いやいや、蘇我氏にかぎったことではない、当時の豪族らは皆自分の家を第一に考えていたのだ。大和豪族らが連合して天皇家を中心にして大和朝廷を組織したのも、そのはじめはその方が自家の安泰と繁栄に都合がよかったからだ。大義名分論的観念道徳はよほどに文明が進まないと生じようのないものだ。それはこの時代では中国からの輸入哲学で、一部のインテリの知識にすぎなかったのだ。でないなら、聖徳太子が十七条憲法であんなに熱心に大義名分論を強調宣伝しなければならなかった理由がわからない。

とにかくも、山背大兄は第二の聖徳太子になる危険性のある人と、蝦夷には考えられたのであり、従って血縁の親を無視して、田村をバックアップしたわけであろうし、従ってまたこれに同調する豪族らが多かったのでもあろう。もちろん、蘇我氏に追随阿付する心理も無視は出来ないが。要するに、蝦夷はロボットの天皇がほしかったのである。この点、田村は理想的であったのであろう。

さまざまなゴタゴタがあり、蝦夷はついに山背大兄をバックアップしている叔父の境部ノ摩理勢一家を殺して、田村を即位させることを強行した。

以上のようないきさつで擁立された舒明天皇だ、微力であることは言うまでもない。豪族らは朝廷に出仕しないで、蘇我家に出仕した。書紀の八年（六三六）七月の記事に、敏達の皇子である大派(おおまた)王が、蝦夷にむかって、

「群卿および百僚が朝廷に出仕することを久しくおこたっている。自今以後、卯(う)ノ刻（朝六時）に朝廷に出仕し、巳(み)ノ刻（朝十時）に退出することとし、鐘をもって合図としよう」

と建議したが、蝦夷は拒んで用いなかったとある。天皇が病身で蝦夷の言うままになっており、朝廷には出仕する者もないとあっては、この時代の朝廷はないにひとしかったといえるだろう。

ぼくは蝦夷は皇位にのぞみをかけ、事実上天皇になったにちがいないとの説を持っているが、それはこの頃からはじまっているのかも知れない。書紀は天皇家の史書であるから、他家の者が

皇位についたことなど書く道理はないが、史書であるかぎり全然事実を無視することは出来ない。つくろって書くわけであるが、どんなにつくろっても、実のあることは蔽えないものがある。この書紀の記事など、蝦夷が別に自家の朝廷を立て、豪族らがそちらの方にばかり集まって、舒明の朝廷は雀羅を張る有様なので、大派王がこんな言い方で皮肉を言ったのを、こんな工合に書いたのかも知れない。そう思って眺めると、これ以後の書紀の記事はまことによくわかるのである。

八

舒明は在位十三年で、六四一年十月に死んだ。次に立ったのは、舒明の皇后であった宝皇女だ。皇極天皇である。皇極は舒明との間に中ノ大兄皇子（後の天智）・間人皇女・大海人皇子（後の天武）の二男一女を生んでいる。

皇極の即位は、もちろん蝦夷のさしがねだが、男子の皇族があるのに、女帝を立てたのは、普通の権勢欲からではなく、こうして次第に天皇家を衰弱させ、ついには廃止するつもりではなかったかとぼくは見ている。この時代すでに蝦夷は別に朝廷をひらいて、蘇我朝廷の蝦夷天皇ともいうべきものになっていたらしいとぼくは前章で書いたが、果してそうなら、旧来の朝廷が廃止され、旧来の天皇家が天皇たることをやめれば、蘇我天皇は唯一の天皇となれるわけである。彼がとくに旧天皇朝に女帝を立てたのは、この含みがあったと、ぼくには思われるのである。

蝦夷が天皇になっていた証拠は、書紀の記事に歴々と指摘することが出来る。

その一。

皇極の即位元年（六四二）七月のことだ。この頃日照りがつづいて、人々がいろいろと雨乞いのいのりをしたが、一向に効験がなかった。蝦夷は百済大寺の南庭に仏像と四天王像とをまつり、衆僧に経を誦ませ、みずから香炉をささげて雨をいのったところ、翌日ほんの少し降った。しかし、その翌日にはもう降らなかったので、祈禱をやめた。

ところが、その翌々日、皇極が南淵の川辺に行って、四方を拝し、天を仰いで祈ると、忽ち雷電はためき、沛然として豪雨いたり、五日の間降りつづいたので、天下の百姓らは皆よろこんで、「至徳天皇」といったとある。

これは蘇我天皇と皇極天皇とが、古代天皇の資格の一つである祈禱力（霊力・呪術）くらべをしたのであると、ぼくは見ている。皇極を百姓らがほめて言ったという「至徳天皇」の至徳を、古来「いきほひまします」と訓ませているが、「いきほひ」とは力の意味であり、霊力の意味であり、神通力の意味であり、呪術力の意味だ。特に民衆がそう言って感嘆したところに、両つの天皇を比較したことがわかると、ぼくは思うのだ。

その二。

やはりこの年の条の末尾に、この年蝦夷が葛城の高宮に先祖の廟を営んだ時、八佾の舞を舞わしたという記事が見える。八佾の佾（音イツ）は中国周代の舞人の列のことで、縦の列と横の列とを同数にする規定があって、天子は八佾で八々六十四人、諸侯は六佾で六々三十六人、大夫は四々十六人、士は二々四人をもって舞わせる定めになっている。蝦夷は天皇でなければしていけないことをしているのだ。

その三。

これもこの年のことだ。天下の民と、すべての氏族の私民とを徴発して、葛城の今来(いまき)に大小二つの墓をつくり、一つを大陵(おおみささぎ)といって自分の墓とし、一つを小陵(こみささぎ)と言って子の入鹿(いるか)の墓としたとの記事が見える。陵(みささぎ)という称呼は天皇と皇后の墓に限るのである。

この時、聖徳太子の一族の領民もまた徴発使役されたので、太子の姫君上宮(うえつみや)ノ大郎姫(おおいらつひめ)ノ王(みこ)は怒って、

「天に二日なく地に二王なしというに、蘇我ノ臣はなんによって勝手にわが領民を使役するのか」

と嘆いたとある。

これらのことは蝦夷の専横によってなされたのだと書紀は説明しているが、蝦夷がすでに天皇になっているつもりなら、天下の民と各氏族の民とを徴発動員するのは、天皇の当然の権利であると考えていたのであろう。

その四。

二年二月の条と三年六月の条に、国内の巫覡(かんなぎ)（神職）らが賢木(さかき)の枝葉を折りとり、木綿(ゆう)しでをかけて、蝦夷を道に要し、「神語入微言説（かんごとのたへなることば）」をのべたが、あまり多数の巫覡どもなので、一々聞けないほどであったという。似た事実は後の道鏡事件の時にもある。宇佐八幡の神託事件がそれだ。この時も蝦夷天皇に媚(こ)びたのだとぼくは見たい。この時代の神道は江戸以後の神道のように天皇家と密接に結びついてはいない。

その五。

皇極紀にはまた、白い雀が出たので蝦夷に献上したことや、高市郡の剣(つるぎ)の池(いけ)に一茎に二つの花をつけた蓮が生じたのを見て、蝦夷が、

「これはまろの家の栄える瑞兆だ」

と言って、これを金泥(きんでい)で画(か)かせて大法興寺の丈六の仏に献上したことが出ている。これなども豪族中のある者らや下民のある者らが、蝦夷天皇をことほいだことを語っていると解釈したい。蝦夷は一種の簒奪者(さんだつしゃ)であると思うが、一体簒奪者というものは、常に劣性コンプレックスがあるので、こういう祥瑞を大へん喜ぶものである。祥瑞を誇示することによって、天命がおのれにあることを民にも納得させ、みずからも納得するわけだ。前漢の王莽(おうもう)などその代表的人物であるが、日本ではこの後に天武天皇が祥瑞をしきりによろこんで、書紀の天武紀にはほとんど毎年のようにその記述がある。道鏡の全盛時代にも祥瑞を言上している者がいる。

その六。

皇極二年の条に、蝦夷が朝廷の許しも得ず、最上の位階である大徳小徳の冠である紫冠を子の入鹿に授けて大臣とし、次男を物部ノ大臣とした、これは彼らの祖母が物部ノ守屋の妹であるからだと、記してある。冠位の下賜や新氏姓の設置は天皇の権限なのであるから、書紀はけしからんこととして書いているわけだが、蝦夷が天皇になっているなら、当然の権としてやったわけだ。

その七。

皇極三年（六四四）の条に、蝦夷・入鹿の父子が甘檮(あまかし)ノ岡(おか)（高市郡明日香村にある）に邸宅を

二つ営んで、蝦夷の家を「うえのみかど」、入鹿の家を「谷のみかど」と名づけ、自分の子らを「王子」と呼ばせたと記述してある。「みかど」は本来の意味によって漢字をあてれば「御門」であるが、転じてその御門のある家という意味となり、さらに転じてその家の主人をさすことになり、ついに「天皇」の意になった。重いことばだ。また、「みこ」は「御子」で、神の子という意味から「巫」をさすことばとなり、古代の天皇は祭祀の長であり、最高の巫であったから「天皇」の意となり、天皇が「おおきみ」と呼ばれるようになって「王」、さらに進んでは「大王」などの文字をあてられるようになると、その子や孫や曾孫を「みこ」といい、「皇子」「王子」「王」などの文字をあてるようになったのだ。これも重いことばだ。この重いことばを、蘇我氏は二つながら用いているのだ。天皇となったつもりでいたこと歴然であろう。

その八。

この後、中ノ大兄皇子らのクーデターによって蘇我氏がほろぼされた直後、朝廷の大槻の下で、孝徳天皇が人々を集めて盟わせた詞が孝徳紀に出ている。

「天覆ひ地載せ、帝道一なり。而るに末代澆薄、君臣序を失へり。皇天、手を我に仮して、暴逆を誅殄せり。今共に心血を瀝いで、自今以後、君に二政なく、臣は朝を弐にすることなからん。若しこの盟に弐くことあらば、天災ひし地妖し、鬼誅し人伐たん。皎たること日月の如きなり」

というのだ。「末代澆薄、君臣序を失ふ」という文句と「自今以後、君に二政なく、臣は朝を弐にすることなからん」という文句とをよく見ていただきたい。蘇我氏が別に朝廷を立て、天皇となり、これに仰ぎつかえていた人々も相当あったから、こういう文句が出たのだと、ぼくは解釈する。

以上のようなことや、この時代のいろいろな事実を綜合して考え合わせると、皇極も天皇、蝦夷も天皇、天皇が二つできていたとしか思いようがないのである。

蘇我氏が山背大兄王一族を殺したのは、皇極二年の十一月であった。これはかねてから聖徳太子の遺族らの徳望の高いのをにくんでいた入鹿がやったことに書紀ではなっている。蝦夷は入鹿のこの暴挙を聞いて、怒って、

「ああ、入鹿め！　阿呆(あほう)め！　そんなことをしては、自分の身もあぶないことになるのを知らんのか！」

とののしったとあるが、ほんとはどうであったか。父すらあきれているくらいであったと書くことによって、入鹿の暴悪を効果的に表現するための書紀のフィクションかも知れない。言ったとしても、本音(ほんね)であったとは思われない。入鹿のこの挙は、蘇我王朝創設の自然の発展だ。ここまで行かないかぎりおさまるものではない。聖徳太子の遺族は天皇家の一族の中で最も人望があるだけに、蘇我氏にとっては最も危険でもあれば、目ざわりにもなる存在であったに相違ないのである。

九

この蘇我氏を打倒しようと計画している一団の人々があった。首謀者は中臣氏の一族で鎌足(かまたり)という人物だ。鎌足の素姓については普通には奈良朝時代の藤原仲麻呂（恵美(えみ)ノ押勝(おしかつ)）の著である「大織冠伝」によって、大和豪族たる中臣ノ美気古(みけこ)（御食子）の子で、高市郡の出生ということ

になっているが、大鏡の下巻には「おとどは常陸(ひたち)の国にて生まれ給へり」とある。つまり、田舎豪族の出身と見ているのだ。この説はなかなか面白いし、それについての一応の考証をぼくも持っているが、今は触れない。またの機会にゆずろう。

鎌足は蘇我氏打倒を早くから計画し、舒明と皇極との間に生まれた中ノ大兄皇子を盟主に仰ぎ、蝦夷の甥である蘇我ノ倉山田麻呂(くらやまだまろ)をはじめとして同志を募(つの)って、着々と準備を進めて行った。

皇極四年（六四五）の夏になると、一切の準備がととのったが、あたかもよし、三韓から進貢の使者が来た。この進貢の儀式の日には、入鹿はかならず朝廷に来ることになっている。

「よし、その日にやろう」

という事になった。

以上は書紀の記述で、大織冠伝には、進貢の使者が来たというのは一党のいつわりで、

「三韓から使者が来たが、一応その表文を下読みしてみようではないか」

と言って、入鹿をおびき寄せたのだと書いてある。前後の関係から見て、この方がよいようだ。理由は先(さ)きに行って説明する。

六月八日、役割をきめた。倉山田麻呂は表文を読む役、佐伯ノ子麻呂(こまろ)と葛城ノ稚犬養(わかいぬかい)ノ網田(あみた)とは入鹿を斬る役、中ノ大兄と鎌足とは式場である大極殿(だいごくでん)の側にあって遊軍として咄嗟(とっさ)の変化に応ずる役と、それぞれにきまった。

六月十二日、いよいよその日となった。皇極天皇は大極殿に出御(しゅつぎょ)し、古人(ふるひと)皇子（舒明と馬子の女(むすめ)法提郎媛(ほてのいらつひめ)の間に生まれた人で、蘇我党の皇族であった）が側に侍した。やがて入鹿も来た。

入鹿は猜疑心の強い性質で、昼夜剣を腰から離したことがない。一党は前もって俳優（ピエロだ）に言いふくめておいたので、俳優は入鹿にふざけかかって、剣を解かせた。

いよいよ儀式が始まって、倉山田麻呂は入鹿の前に出て、三韓の表文を朗読しはじめる。

その間に中ノ大兄は衛門府に命じて、十二の宮門を閉ざさせ、一切の通行を禁止し、なお衛門府の兵士らの騒ぎを封ずるために一カ所に集めて物を下賜するように手配りしておき、長槍をとって殿側にかくれた。鎌足もまた弓矢をとって適当な所にひそんだ。二人は海ノ犬養ノ勝麻呂に持たせて来た二ふりの剣を入れた箱を佐伯ノ子麻呂と葛城ノ稚犬養ノ網田にあたえて言った。

「しっかりやれい！　一気に斬るのだぞ！」

勇敢多力であるとの名が高かったので、説いて一味に引き入れ、またこの役にあてた二人であったが、ことがことだけに、昂奮し、恐れて、食事するにも飯がのどを下らない。水をかけてやっと流しこんだが、飯は胃に落ちつかず、忽ちまた吐くしまつだ。

「いくじない。男たるものが何だ！」

鎌足はたえず二人をはげましつづけた。

一方、殿内では倉山田麻呂はしだいに読み進み、間もなく読みおわろうとするのに、なかなか子麻呂が出て来ないので、恐怖し、全身汗にまみれ、声が乱れ、手がふるえはじめた。

入鹿は怪しんだ。

「何でそんなにふるえるのじゃ」

「みかどに咫尺している恐れ多さに、おぼえず……」

とごまかした。それでも子麻呂らはためらって出て行かない。もう猶予出来ない。中ノ大兄は、励声一番、

「咄嗟（ヤア）！」

とさけんで、おどり出た。はげまされて子麻呂らも飛び出した。中ノ大兄は剣を抜き、駆けよりざまに、入鹿の頭と肩の間に斬りつけた。入鹿がおどろいて起つところを、子麻呂が大上段から斬りおろし、片脚を斬った。

入鹿はたおれ、皇極の座側にまろびより、叩頭（こうとう）しながら言った。

「これはどうしたことと！　なぜまろはこんな目にあわなければならないのか、わかりません。おさばき下さい」

皇極もおどろいて、中ノ大兄に言った。

「これはどうしたわけです」

中ノ大兄は床に伏して言上した。

「入鹿は皇族全部を殺して、この国をうばおうとしています。それゆえに誅罰を加えたのであります」

皇極は無言で起って奥に入った。

佐伯ノ子麻呂と稚犬養ノ網田とが、ずたずたに入鹿を斬って斬り殺した。この日は豪雨ふりしきって庭一ぱいに水がたまっていた。入鹿の死体はその水たまりの中に投げ出され、上にしきものやついたてを投げかけて蔽うた。

前後の様子から判断すると、大極殿にはこれらの人々以外にはいなかったらしく、それほどのさわぎになっていない。ほんとに三韓使節が来ての儀式なら、百官が居並んでいて、大さわぎになったはずだ。だから、大織冠伝に伝える、ほんとの進貢式ではなく、表文だけ読むといって入鹿をたばかり寄せたという伝えの方が正しいと思われるのだ。

入鹿がこうして殺されたので、蝦夷は甘檮ノ岡の「うえのみかど」に兵を集めて一戦あえて辞せない決意を見せた。中ノ大兄は将軍巨勢ノ徳陀(とくた)をつかわして、兵士らに、大織冠伝によると、

「これはおれの家、おれの国のことだ。お前らに関係のあることではない。つまらん手むかいなどして、一族みなごろしになるつもりか」

と説かせたところ、蘇我軍中の高向(たかむく)ノ国押(くにおし)は早くも心を動かし、漢ノ直(あたえ)らに、

「入鹿君(ぎみ)はすでに殺されなさった。蝦夷様もまた今明日には殺されなさるじゃろう。ここは思案のしどころじゃぞ。いったい誰のためにわしらは戦うのじゃ」

といって、剣を解き、弓を切り折って立ち去ったので、全軍瓦解してちりぢりに逃げ去ったとある。

書紀では徳陀将軍は堂々たる論旨で大義名分を説いたことになっているが、高向ノ国押の漢ノ直にたいすることばはそれに照応しない。大織冠伝の方が自然である。以上は大極殿クーデターの当日のことだ。

翌日、中ノ大兄軍が「うえのみかど」に押寄せると、蝦夷は家に伝うる天皇紀・国紀などの記録や珍宝をことごとく焼いて自殺した。これらの記録は推古の時に、馬子が聖徳太子と議してつ

くった史書だ。

「おれのおやじどのが費用を出して、おれのおやじどのが骨折って作らせたものだ。天皇家などに渡すものか」

　という気持であったろう。

　この時、船(ふね)ノ史恵尺(ふひとえさか)というものが国紀だけは火の中からひろい上げて中ノ大兄に献上したという。恵尺は史だから書紀だ。職掌がらこういう記録の貴重さを知っていたのでこの挙に出たのであろうが、これが彼の若い時の労作であったのかも知れず、また彼はこの時寄せ手の一人となって来ていて、火の手の上るのを見て真先きに駆けこみ、この記録をひろい上げたのかも知れない。いささか小説くさいですかな。

　こうして、古代豪族の最後の栄えであった蘇我氏はほろび、今や、有力な豪族は一人もなくなり、天皇家だけがのこった。大化の改新が行なわれ、天皇制の確立がこの直後につづくのである。

　ぼくは入鹿を悪人だとは思っていない。古来悪人とされているという理由で、この列伝にいれた。その悪人でないとするぼくの意見を知ってもろうためには、蘇我氏を沿革的に知ってもろう必要がある。ずっと先祖のことから長々と書いて来たわけだ。入鹿父子が悪人とされたのは、天皇家にたいして不臣であり、別王朝を立てたからであるが、この非難は天皇制が確立して以後の倫理を基準にしての非難である。裁判でいうなら、法律は遡及(そきゅう)せずの根本原則に違反している裁判だ。入鹿父子が別王朝を立てたのは、天皇制確立以前の古代社会においては、歴史の自然の流れであったにすぎないと、ぼくは思うのである。

海音寺潮五郎（かいおんじ・ちょうごろう）

1901～1977。鹿児島県生まれ。國學院大學卒業後に中学校教諭となるが、1929年に「サンデー毎日」の懸賞小説に応募した「うたかた草紙」が入選、1932年にも「風雲」が入選したことで専業作家となる。1936年「天正女合戦」と「武道伝来記」で直木賞を受賞。戦後は『海と風と虹と』、『天と地と』といった歴史小説と平行して、丹念な史料調査で歴史の真実に迫る史伝の復権にも力を入れ、連作集『武将列伝』、『列藩騒動録』などを発表している。晩年は郷土の英雄の生涯をまとめる大長編史伝『西郷隆盛』に取り組むが、その死で未完となった。

【書誌】
『聖徳太子』（1978年、学習研究社）＊
『聖徳太子』（電子書籍、学研プラス）

「蘇我入鹿」
『悪人列伝』（1961年、文藝春秋新社）
『悪人列伝　上』（1967年、文藝春秋）
『海音寺潮五郎全集　第十八巻　悪人列伝』（朝日新聞社）
『悪人列伝　1』（1975年、文春文庫）
『悪人列伝　古代篇』（2006年、文春文庫）＊

＊は本書の底本を示す。

聖徳太子と蘇我入鹿

2021年7月25日初版第1刷印刷
2021年7月30日初版第1刷発行

著　者　海音寺潮五郎

発行者　和田肇
発行所　株式会社作品社
〒102-0072 東京都千代田区飯田橋2-7-4
TEL.03-3262-9753　FAX.03-3262-9757
https://www.sakuhinsha.com
振替口座00160-3-27183

装　幀　水崎真奈美（BOTANICA）
本文組版　前田奈々
編集担当　青木誠也
印刷・製本　シナノ印刷株式会社

ISBN978-4-86182-856-0 C0093

【作品社の本】

小説集　真田幸村

末國善己編

信玄に臣従して真田家の祖となった祖父・幸隆、その智謀を秀吉に讃えられた父・昌幸、そして大坂の陣に“真田丸”を死守して家康の心胆寒からしめた幸村。戦国末期、真田三代と彼らに仕えた異能の者たちの戦いを、超豪華作家陣の傑作歴史小説で描き出す！

南原幹雄「太陽を斬る」／海音寺潮五郎「執念谷の物語」／山田風太郎「刑部忍法陣」／柴田錬三郎「曾呂利新左衛門」／菊池寛「真田幸村」／五味康祐「猿飛佐助の死」／井上靖「真田影武者」／池波正太郎「角兵衛狂乱図」／編者解説

ISBN978-4-86182-556-9